Eloizo G. A. Durães

CAFÉ, SUOR E LÁGRIMAS

Um sonho quase perfeito

Copyright© 2024 by Literare Books International
Todos os direitos desta edição são reservados à Literare Books International.

Presidente:
Mauricio Sita

Vice-presidente:
Alessandra Ksenhuck

Chief Product Officer:
Julyana Rosa

Diretora de projetos:
Gleide Santos

Capa:
Haroldo Dalazoana Afonso Durães e Gabriel Uchima

Projeto gráfico e diagramação:
Gabriel Uchima

Revisão:
Ivani Rezende e Carolina Abílio

Digitadora:
Lilian Cristina Nicaretta Afonso Durães

Chief Sales Officer:
Claudia Pires

Consultora de projetos:
Daiane Almeida

Impressão:
Gráfica Paym

Dados Internacionais de Catalogação na Publicação (CIP)
(eDOC BRASIL, Belo Horizonte/MG)

D947c Durães, Eloizo G. A.
Café, suor e lágrimas: um sonho quase perfeito / Eloizo G. A. Durães. – São Paulo, SP: Literare Books International, 2024.
160 p. : 16 x 23 cm

ISBN 978-65-5922-788-4

1. Literatura brasileira – Crônicas. I. Título.

CDD B869.3

Elaborado por Maurício Amormino Júnior – CRB6/2422

Literare Books International.
Alameda dos Guatás, 102 – Saúde– São Paulo, SP.
CEP 04053-040
Fone: +55 (0**11) 2659-0968
site: www.literarebooks.com.br
e-mail: literare@literarebooks.com.br

FSC
www.fsc.org
MISTO
Papel produzido a partir de fontes responsáveis
FSC® C133282

Eloizo G. A. Durães

CAFÉ, SUOR E LÁGRIMAS

Um sonho quase perfeito

*Quero viver ao lado de gente humana,
muito humana; que sabe rir de seus tropeços,
não se encanta com triunfos, não se considera eleita
para a "última hora"; não foge de sua mortalidade,
defende a dignidade dos marginalizados, e deseja andar
humildemente com Deus. Caminhar perto dessas
pessoas nunca será perda de tempo.*

Rolando Boldrin

DEDICATÓRIA

Dedico este livro em memória ao irmão saudoso, José Célio (mais conhecido como Yé), que, na prática, era o chefe operacional da família, um trabalhador incansável, um dos maiores abanadores de café. Com sua peneira, sabia onde o vento forte soprava, abanava a palha e sobrava o grão. A você, amado irmão, que hoje está no céu, a minha eterna gratidão.

Ofereço também a nossa irmã, Maria Hilda, que, menina, lutava e trabalhava como um homem. A você, amada, o meu amor e a minha gratidão.

Às irmãs, Nilma e Joana, amadas queridas que ainda cuidam da nossa mãe com muito amor e carinho.

A meu amado e amigo eterno, Osvaldo, amado como se irmão fosse. Hoje no céu, sei que reza por nós e para o Cruzeiro ser campeão. A você, amado, meu abraço e meu amor com gratidão.

A meus pais amados, Seu Gentil, homem simples, mineiro, mineiro demais, amado sempre; Dona Anita, resiliente demais da conta, que nos deu alma da vida, nos ensinou a sonhar e a enfrentar as dificuldades que o mundo e a vida nos mostrou. Amados queridos, minha sempre gratidão e meu amor incondicional.

Ao amado Geraldo Dalazoana e à amada Joana Basso Dalazoana, meus amados que considero como meus pais. Só quero dizer, pela primeira vez, que os amo com meu coração. Todos os dias, exatamente todos os dias, sem faltar, falo com vocês, peço vossas bênçãos e sempre recorro a vocês nos momentos mais difíceis; e sempre sou socorrido. Obrigado, meus amados.

Aos queridos e amados filhos, que são sempre minha inspiração e o motivo para a luta.

A Lilian, com minha eterna gratidão e amor para sempre.

Aos amigos mineiros, que, juntos, convivíamos na fazenda, que nos ouviam e nos socorriam quando precisávamos: os queridos mineiros do Vale do Jequitinhonha, as mulheres mineiras corajosas, as benzedeiras que curavam qualquer doença, menos a doença da fraqueza, porque os mineiros não toleravam ser fracos, nunca mesmo.

Aos nossos patrões, o nosso muito obrigado.

A nosso amigo, São João, a Nossa Senhora Aparecida e a meu infantil, obrigado em nome de minha família e do nosso Deus mineiro amado.

Eloizo, ou Eloi, como quiser.

PREFÁCIO

É um privilégio e uma honra escrever o prefácio deste livro, que apresenta a vida de um homem excepcional, que nasceu numa humilde casa na zona rural, e hoje figura entre os grandes empresários do nosso tempo. A trajetória de superação e persistência deste homem é uma fonte inesgotável de inspiração e um exemplo de que, apesar das dificuldades iniciais, o sucesso é possível para aqueles que nunca desistem de perseguir seus sonhos.

Crescendo em um ambiente simples e rural, ele aprendeu desde cedo as lições mais valiosas da vida: o valor do trabalho duro, a importância da integridade e o respeito pela natureza e pelo próximo. Esses ensinamentos moldaram a sua personalidade e influenciaram fortemente a sua abordagem à vida e aos negócios.

Como você descobrirá nas páginas seguintes, ele se fez sozinho, contra todas as probabilidades. Cada fracasso foi uma lição aprendida; cada desafio, um degrau a ser superado em sua jornada rumo ao sucesso. E é essa trajetória incrível que ele nos apresenta, na esperança de que sirva como farol para todos aqueles que sonham em transformar suas vidas.

Este livro é uma prova de que não é importante quão humilde seja a sua origem, nem quão altos sejam os obstáculos em seu caminho, o sucesso é alcançado se você tiver coragem, determinação e nunca perder de vista a sua essência. É um testemunho do poder da perseverança, da resiliência e da crença inabalável em si mesmo.

A história deste grande empreendedor não é apenas sobre negócios e empreendedorismo. É, acima de tudo, uma história sobre humanidade, sobre a capacidade de superar adversidades e sobre a vontade inabalável de criar um futuro melhor, não apenas para si mesmo, mas para todos ao seu redor.

Então, convido você a voltar para a página e mergulhar nesta jornada extraordinária. Permita que a história deste homem inspire você, da mesma maneira que me consolidou, a buscar a grandeza, a superar obstáculos e a construir a própria trajetória de sucesso.

Seja bem-vindo ao incrível mundo deste grande empreendedor, que se fez sozinho, vindo do nada, da zona rural. Aproveite a leitura!

Dr. Luiz Antônio Granja

UM BOCADINHO DE PROSA

Você sabe que todo mineiro adora uma prosa. Mas prosa das boas mesmo vem com um convite de pitar na beira do fogo queimando a lenha, alisando bem a palha para receber o fumo, raspado na hora. A minha prosa é de fino trato, daquelas que cativam a gente e faz um causo se tornar prolongado. Sabe como é, mineiro não tem pressa. Mineiro tem sabedoria.

Eu, como bom mineiro, não seria diferente e resolvi contar umas histórias da minha vida na roça, da lida diária, da colheita do café, das festas dos colonos, dos banhos na cachoeira e nos rios, das memórias de criança, das peraltices de moleque e dos muitos aprendizados de adulto.

Hoje, já não sou tão criança assim, mas isso não importa. O que importa mesmo são as histórias que trago gravadas no meu coração mineiro, e quero espalhar por aí pelo mundo, igual as penugens do dente-de-leão quando bate o vento.

Minha vida cheira à terra, ao gado, à beleza das montanhas de Minas, ao encanto das modas de viola daquelas antigas em que o violeiro apluma o violão nas pernas e puxa umas modas pra lá de chorosas. Que saudade das modas de viola na fazenda, debaixo da luz da lua e da fogueira acesa! Que saudade das notícias do radinho de pilha e das narrações dos jogos da Copa do Mundo e das jogadas do Rei Pelé!

Este livro contém as lembranças de um mineiro apaixonado pela sua terra e pela sua gente. Gente simples e trabalhadora, que aguentou firme os altos e baixos da economia brasileira, que vibrou com o governo de JK e que chorou a sua morte. Gente oprimida pelos governos militares e por uma Ditadura que não olhava para o povo.

As histórias aqui não têm uma sequência, elas acontecem como a vida e são levadas pela emoção de um mineiro que deixa as lágrimas da saudade seguirem como a água dos rios que cortam as Minas Gerais. Então, não tente encontrar lógica, porque dela a vida já carrega demais. Deixe o coração aberto e só isso basta.

Hino de Minas Gerais

Ó, Minas Gerais
Ó, Minas Gerais
Quem te conhece
Não esquece jamais
Ó, Minas Gerais

Ó, Minas Gerais
Ó, Minas Gerais
Quem te conhece
Não esquece jamais
Ó, Minas Gerais

Tuas terras que são altaneiras
O teu céu é do puro anil
És bonita, ó, terra mineira
Esperança do nosso Brasil

Tua Lua é a mais prateada
Que ilumina o nosso torrão
És formosa, ó, terra encantada
És orgulho da nossa nação

Eloizo G. A. Durães

Ó, Minas Gerais
Ó, Minas Gerais
Quem te conhece
Não esquece jamais
Ó, Minas Gerais

Ó, Minas Gerais
Ó, Minas Gerais
Quem te conhece
Não esquece jamais
Ó, Minas Gerais

Teus regatos a enfeitam de ouro
Os teus rios carreiam diamantes
Que faíscam estrelas de aurora
Entre matas e penhas gigantes

Tuas montanhas são preitos de ferro
Que se erguem da pátria alcantil
Nos teus ares, suspiram serestas
És altar deste imenso Brasil

SUMÁRIO

Capítulo 1
CAFÉ, SUOR E LÁGRIMAS 17

Capítulo 2
FAZENDA: O MODELO DE TRABALHO ... 29

Capítulo 3
OLHA O TREM NA ESTAÇÃO 47

Capítulo 4
DO BROTO À COLHEITA 55

Capítulo 5
MEU PAI GENTIL 85

Capítulo 6
FUTEBOL: UM APRENDIZADO 95

Capítulo 7
O MILAGRE DOS OVOS 117

Capítulo 8
EU, LÍDER DE EQUIPE 127

Capítulo 9
OUTRA VEZ O FUTEBOL 135

Capítulo 10
REENCONTROS PELA FÉ 147

E A HISTÓRIA CHEGA AO FIM 155

1

CAFÉ, SUOR E LÁGRIMAS

1

Era um jogo de futebol importante entre Brasil e Suécia. Só depois de algum tempo descobri que era Copa do Mundo. Naquele rádio enorme com bateria do mesmo tamanho, eu imaginava que a Suécia ficava do outro lado do rio.

O rádio enorme de marca Semp era o bem material de maior valor que tínhamos em casa, na Fazenda Santo Antônio. E ele tinha também a função de reunir toda a família no início da noite para ouvirmos os programas sertanejos e, aos domingos, a missa direto de Aparecida do Norte. Assim, tínhamos a oportunidade de rezar juntos e sempre com o copo d'água em cima do rádio, abençoado no final da missa.

Sinceramente, eu achava que a Suécia era do outro lado do rio; e Estocolmo era um lugar bem perto. Até que me corrigiram dizendo que esses lugares eram no estrangeiro. Onde ficava então a Suécia? Era um lugar tão longe que eu nem conseguiria imaginar.

Eu me recordo que, nesse jogo, o Brasil ganhou de 5 a 2 e foi campeão com Gilmar, Djalma Santos, Bellini, Orlando e Nilton Santos, Zito e Didi, Garrincha, Pelé, Vavá e Zagallo. O técnico era o Vicente Feola*.

Eu ficava imaginando como o locutor falava lá do estrangeiro, e a gente ouvia em detalhes tudo que ele falava. Era impressionante! O locutor, Pedro Luiz ou Edson Leite – não tenho certeza – me emocionava a cada lance do Brasil. Só sei que, a partir desse momento, o futebol começou a fazer parte da minha vida como se fosse uma religião paralela.

Eu gostava de jogar na posição de goleiro e ser comparado ao Gilmar, principalmente quando agarrava a bola de meia que enchíamos de palha ou alguma borracha (de vez em quando, alguém trazia uma feita assim). Eu segurava a bola e gritava: "Agarra, Gilmarrrrrr!".

Mas a vida continuava, e minha mãe, como dizia a música do Patativa do Assaré: "vai um ano, dois 'ano' e entra ano, e sempre nos 'prano' de um dia vortar, mas nunca eles podem, só vive devendo e assim vai vivendo

---

* No dia 29 junho de 1958, o Brasil goleou a Suécia por 5 a 2 e conquistou a sua primeira Copa do Mundo. Mais do que isso, revelou ao mundo o maior jogador de todos os tempos, Pelé.

e sofrendo sem parar", falava todos os dias da sua Rubelita e de suas Minas Gerais.

Estávamos em pleno governo JK*. Para meu pai, era um orgulho, até porque ele foi empregado da mãe do presidente e contava o fato com muito amor e carinho. Minha mãe chorava e se emocionava quando lembrava suas Minas Gerais, nos contava "causos" longos da tropa do Lampião, quando este apareceu pelo norte de Minas perto da Bahia.

Nessa época, o presidente do Brasil era o mineiro Juscelino Kubitschek, mais conhecido como JK. Nascido em Diamantina, cidade que era passagem dos tropeiros e rica em pedras preciosas extraídas dos vários garimpos da região, razão pela qual era muito conhecida de meu pai. JK foi o presidente mais simpático da história da República, era chamado de presidente Bossa Nova, até porque vivia-se esse momento musical, tendo João Gilberto como figura principal. Também se vivia o cinema novo de Glauber Rocha, o futebol campeão do mundo, o Santos de Pelé e o Botafogo de Didi

---
* Juscelino Kubitschek, também conhecido como JK, foi presidente do Brasil de 1956 a 1961 e foi o responsável pela construção de Brasília, a nova capital brasileira.

e Garrincha. Momento mágico que nasceu durante seu governo, que durou de 1956 a 1960.

Quando terminou o mandato, perguntei a meu pai: "Se ele era tão bom, por que não continuou?". Ele respondeu: "Porque teve que passar a presidência para Jânio Quadros".

Nos chamados "Anos Dourados", JK instituiu seu famoso plano de metas, que significava 50 anos em cinco, tendo um crescimento médio do PIB em torno de 7,8% ao ano, com implantação da indústria automobilística na região do ABC Paulista e, da naval, no Rio de Janeiro.

Sua grande obra, sem dúvida, além de democratizar o país, foi a construção de Brasília. Mudando para lá a capital que antes era no Rio de Janeiro. Ele tinha como objetivo principal a interiorização do desenvolvimento do país. Daí a escolha do Planalto Central, proporcionando por meio desta grande obra uma mudança do eixo político e administrativo, além de gerar milhares de empregos, diretos e indiretos, e o nascimento da indústria da construção (por meio das grandes empreiteiras), que é hoje uma das mais eficientes do mundo.

Nós ficamos muito tristes quando ele deixou a presidência, principalmente porque foi substituído por um sujeito esquisito chamado Jânio Quadros*. Ouvíamos no rádio sua música de campanha, aquela da "vassourinha", que era de um mau gosto terrível. Ainda bem que durou pouco, renunciando para o bem do país – apesar de que, com essa decisão, ele foi o culpado direta e indiretamente pelo Golpe de 1964. Seu vice, Jango**, assumiu o cargo e, em 31 de março de 1964, os militares tomavam o poder pelo Golpe.

Nós continuamos acompanhando as notícias sobre JK pelo rádio até quando ele foi cassado, em 1965, pela Ditadura Militar. Meu pai dizia que ele tinha fugido para o estrangeiro. Desde então, nunca mais ouvimos falar dele porque o rádio não noticiava. Até pensamos que ele havia morrido ou se esquecido de nós. Somente alguns anos depois, quando eu já era rapaz, ficamos chocados ao saber da sua morte em um acidente de carro na Via Dutra, em julho de 1976.

Nessa época, nós morávamos em São Miguel Paulista, bairro na capital de São Paulo, e sentimos a morte do ex-presidente como se fosse um membro da família. Como

---

* Jânio Quadros foi o 22º presidente do Brasil, de 31 de janeiro de 1961 a 25 de agosto de 1961. Sucedeu a Juscelino Kubitschek (1902-1976). O símbolo de sua campanha era uma vassoura, porque prometia varrer a corrupção do Brasil.

** João Goulart, conhecido como Jango, iniciou sua carreira na política por influência de Getúlio Vargas. Assumiu a presidência em 1961 e foi destituído por um Golpe, em 1964.

não tínhamos TV, ficávamos ouvindo pelo rádio as notícias de JK, acompanhadas da música que era sua marca e que virou o hino de Minas Gerais: "Ó, Minas Gerais!"*.

Acompanhado desta música e de aproximadamente 300 mil pessoas, findava ali a era JK e a esperança do Brasil.

Estávamos em pleno regime autoritário e havia muita censura aos meios de comunicação, razão pela qual a morte de JK não teve a repercussão que deveria e foi cercada de muitos mistérios. Até hoje, o acidente não teve uma explicação lógica.

O presidente passou a ser o General Ernesto Geisel, o quarto na linha sucessória após o Golpe de 1964**, quando se instalou o regime militar com a tomada do poder no mesmo ano.

JK se foi, mas deixou uma marca que nunca se apagará nos livros de História. Seu nome será sem-

---

* A canção que ganhou maior popularidade, inclusive fora do Estado, foi 'Oh, Minas Gerais'. Trata-se de uma adaptação de uma tradicional valsa italiana, chamada Viene sul mare, introduzida no Estado por companhias líricas e teatrais daquele país que vinham ao Brasil no século XIX e início do século XX. A letra foi feita pelo compositor mineiro José Duduca de Moraes, o De Moraes, gravada em 1942.

** Em 31 de março de 1964, militares contrários ao governo de João Goulart (PTB) destituíram o então presidente e assumiram o poder por meio de um golpe. O governo comandado pelas Forças Armadas durou 21 anos (1964 – 1985) e implantou um regime ditatorial.

pre lembrado e reverenciado como o presidente que construiu um novo modelo de nação, que, em apenas cinco anos, transformou um país sem esperança e comandado pelas oligarquias em um moderno, democrático, alegre e musical, com um povo esperançoso e confiante no seu futuro.

Era inimaginável que nosso país motivado, democrático e crescendo em altas taxas, com estruturas políticas sendo construídas a partir dos conceitos de liberdade democrática, pudesse, em poucos anos, ter um retrocesso terrível como aconteceu. Imagine qual não seria a tristeza e amargura de JK após ter sido cassado, tendo seus direitos (e que direitos!) políticos roubados por um Golpe sem legitimidade, que veio como um furacão, destruindo todo o sonho de uma das gerações mais felizes da história da República.

Eu lembro, como menino, que realmente Juscelino trouxe a todos nós, brasileiros, a possibilidade de sonhar, de verdade, com um futuro melhor. Era visível nas pessoas a confiança no presidente, principalmente nas mais humildes, como colonos e mineiros. Sentíamos que era possível ter uma vida melhor, pois nós tínhamos um presidente sério, trabalhador e carismático.

Mesmo nas fazendas, onde éramos na maioria analfabetos e o meio de comunicação era só o rádio, sabíamos o nome do presidente do país. O que não aconteceu 15 anos depois, com a TV, a maioria não reconhecia Geisel* como presidente.

Isso aconteceu porque os presidentes após o Golpe não tiveram a sorte de serem escolhidos pelo voto, razão pela qual a nação nunca os legitimou. Eles não tinham identidade com nenhuma esfera da sociedade, porque eram frutos de um regime de exceção e não alinhado com os princípios de liberdade, base de uma democracia.

A lembrança de JK sempre incomodou os militares, que enfrentaram muitas dificuldades em relação às classes mais reacionárias da sociedade, que se organizaram em grupos de embates políticos durante os anos duros do Golpe Militar, iniciados com Costa e Silva**, tendo seu auge no governo Médici e declínio do regime que veio finalizar alguns anos após com o governo Figueiredo. Durante o período Costa e Silva/Médici, houve muitas lutas armadas: de um lado, o governo com repressão e, do outro, os grupos de esquerda, que se organizavam.

---

* Ernesto Geisel, militar e político, foi o 29º Presidente da República do Brasil, no período de 1974 a 1979.

** Artur Costa e Silva assumiu a presidência no dia 15 de março de 1967, após vencer a eleição indireta que foi disputada em 1966 e do qual ele foi o único candidato. A vitória de Costa e Silva para assumir a presidência foi resultado de uma campanha no interior do próprio Exército para que o aparato de repressão da Ditadura aumentasse.

Café, suor e lágrimas

O filme *O que é isso, companheiro?** retrata a época em que tudo era proibido. Era proibido proibir, anos de chumbo, muitos morreram torturados nos cárceres, novos políticos engajados com a luta foram exilados, como Brizola, Miguel Arraes e outros tantos mais. A nossa família pobre, em empregos modestos, só queria sobreviver.

---

* Filme *O que é isso, companheiro?* (1h 50min). Direção: Bruno Barreto. Roteiro: Leopoldo Serran.

2
FAZENDA: O MODELO DE TRABALHO

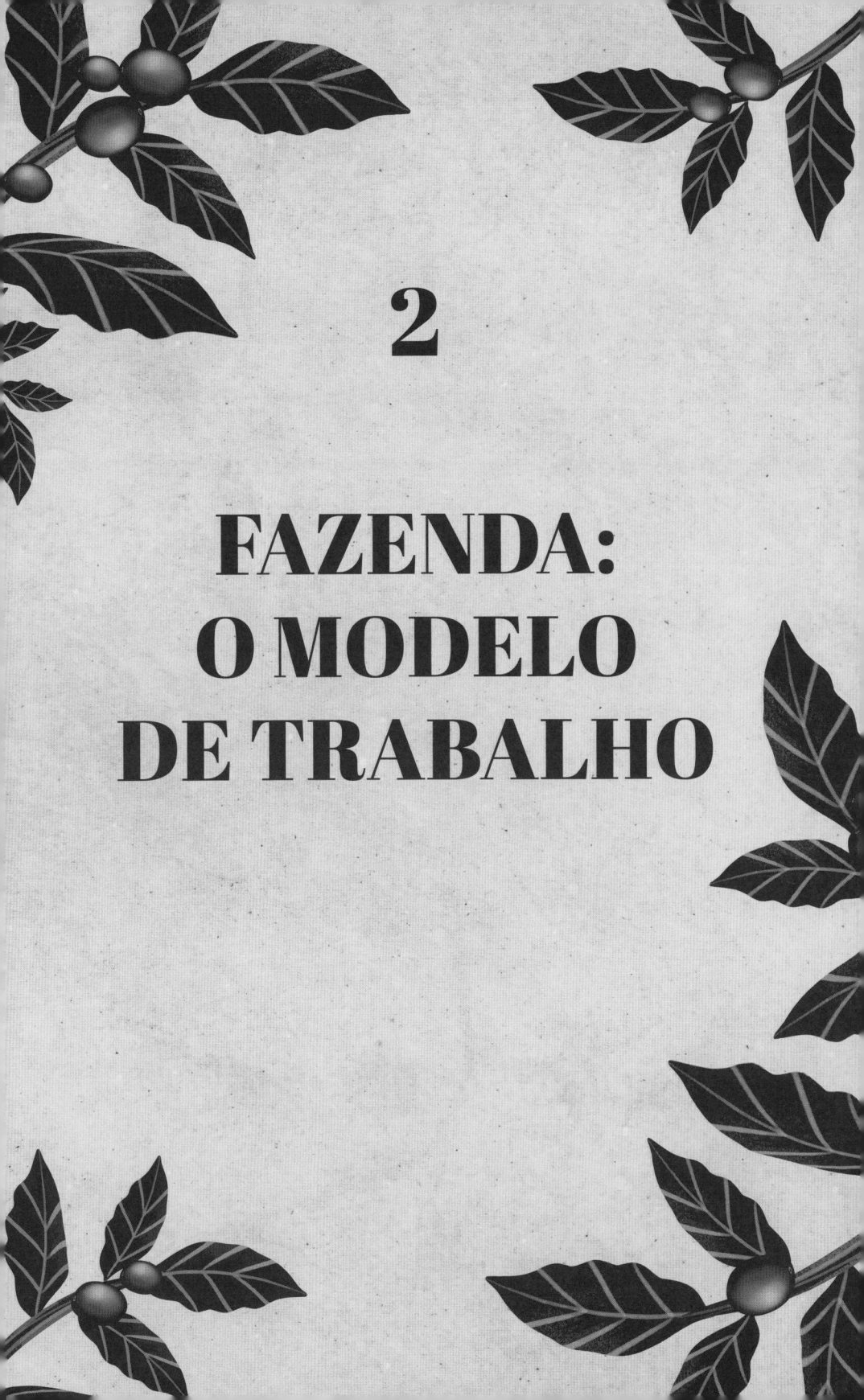

Era uma fazenda muito grande e só produzia café. Os colonos moravam em casas dentro da própria fazenda – chamadas de Colônias – construídas de madeira, do mesmo modelo e tamanho, distribuídas ao longo da pequena estrada, da entrada até a sede.

A hierarquia era funcional e autoritária: existiam o patrão, o administrador e os colonos, e as relações eram baseadas em confiança, dispensando qualquer tipo de formalidade entre as partes.

Qualquer colono falava com o administrador ou com o patrão quando necessitava, não existiam barreiras. Principalmente os colonos mais antigos como nós, que gozávamos de certa confiança do patrão, o qual era autoritário, mas bastante paternalista, pois se envolvia em quase todos os problemas dos colonos e sempre procurava resolvê-los.

Nessa época, o café era considerado o "ouro preto", com preços altos no mercado internacional, e fonte de riqueza do país, que seguia o processo de industrialização começado no governo JK, que pretendia, aos poucos, substituir as importações de bens duráveis como implementos agrícolas, automóveis, caminhões etc.

Apesar do café continuar sendo o principal produto da região da Alta Paulista, com grandes fazendas geradoras de mão de obra, já se observava o início da decadência do produto, substituído pela pecuária. Também se notava uma transferência gradual do cultivo do café para o norte do Paraná, com terras novas (virgens), as chamadas *terras roxas*, próprias para o cultivo.

A sede da fazenda era um verdadeiro sonho: uma espaçosa casa, muito bem construída, com grandes tijolos, uma boa área bem no alto, de onde se podia ver toda a parte baixa, como o rio onde as mulheres lavavam as roupas. Um pouco para cima, via-se uma grande cachoeira na qual os colonos tomavam banho, principalmente aos sábados, após término dos trabalhos. O regime de trabalho era de segunda a sábado, até meio-dia. Ao lado da sede, tinha o terreiro grande, em que se processava a secagem do café. Na entressafra, era usado para entretenimento e encontro dos colonos para contar "causos" e, nos finais de semana, para festas ou bailes promovidos pelo patrão ou pelos próprios colonos.

Durante a colheita, o trabalho era intenso e muito duro, pois era de segunda a segunda, sem descanso – até o compromisso mais sagrado, a missa aos domingos, ficava prejudicado porque a colheita era o resultado de todo o ano de trabalho. Nesse clima, todos eram convocados ao trabalho, até as mulheres, crianças e quem pudesse ajudar para que se colhesse no prazo necessário.

Como menino, era uma grande festa, principalmente quando a colheita era dentro do esperado. Isso significava que os colonos pagariam as dívidas ao patrão, ao armazém e a outros comércios, como farmácia ou loja de tecidos, a qual nos fornecia o fardo de tecidos para o ano todo e minha mãe se encarregava de costurar em sua máquina Elgin os modelos mais usados, das roupas para as crianças até as de trabalho, inclusive as elegantes para irmos à missa.

A colheita era sempre em ritmo acelerado e minha função era ajudar minha mãe a levar alimentação para meu pai, meus irmãos, minhas irmãs e os diaristas que contratávamos e ajudavam nos serviços mais leves.

Nós éramos meeiros e o patrão, o financiador. Ele adiantava o dinheiro que necessitávamos ao longo do ano e, no final, tirava a parte na colheita e descontava os adiantamentos. Este modelo de meeiros era comum em todo o estado, mudava somente em alguns casos, em mais ou menos percentual de cada parte, em torno de 50% para cada parte.

A divisão era justa, pois o fazendeiro dava a terra e recebia a parte final da colheita; a que nos cabia, era vendida para o próprio patrão. Como nós não tínhamos conhecimento dos preços vigentes, só nos restava aceitar os preços propostos por ele. A única referência que tínhamos eram as outras fazendas, em que trabalhavam alguns parentes que nos passavam os preços, que, por coincidência, eram muito parecidos – claro que dependia do tipo de café, o que era chamado de renda.

A pergunta comum era: "Qual a renda que deu seu café?". Se a renda fosse boa, os preços eram melhores; do contrário, baixavam os preços.

O mais interessante era que todas as relações entre patrão e colonos não constavam em nada escrito, eram totalmente informais, o que se chamava de "fio de bigode". Como menino, o que me intrigava era: "Por que tínhamos que vender o café para o próprio fazendeiro?", pergunta que nunca tive coragem de fazer. Sem contar os acertos de contas por causa dos adiantamentos e que era tudo controlado pelo administrador, como valores, juros, prazos etc., sobretudo porque, como nós, a maioria dos colonos era analfabeta e, com a nossa boa índole e fé, acreditávamos sempre no patrão.

Café, suor e lágrimas

Mas entrava e saía ano e nunca sobrava quase nada, somente o suficiente para pagar as contas antigas e fazer novas dívidas. Isso quando não tinha uma doença no meio, porque era muito caro e fora de propósito para os colonos pagarem um hospital, mesmo em caso de uma internação ou cirurgia, porque tudo era particular. Não havia as condições que estados, municípios e União oferecem hoje.

Eu me recordo quando meu pai foi operado de apendicite na cidade de Osvaldo Cruz. Tivemos que vender algumas coisas que tínhamos e ainda pedimos adiantamento ao patrão, o que nos prejudicou bastante no final daquele ano, além de meu pai ficar quase três meses se recuperando.

Quando ele estava quase bom, eu e ele fomos à venda, que ficava a uns cinco quilômetros da fazenda, bem pertinho da linha do trem. Recordo que meu pai andava bem devagar e eu ia correndo para frente e para trás, brincando descalço naquela estradinha de terra com bastante areia, cercada de café dos dois lados. De vez em quando, eu entrava no cafezal e voltava correndo para alcançar meu pai, sempre sério, de pouco sorriso e pouca fala. Ele me chamava a atenção quando eu demorava para voltar.

Ir à venda com meu pai era um passeio maravilhoso. Além do passeio, o que era uma coisa muito difícil, tinha a certeza de que ganharia balas, doces e o mais desejado, o guaraná, que era resfriado dentro de uma bacia grande ou barril com água.

Enquanto meu pai ficava proseando com os amigos ou o dono da venda, eu ficava ansioso para ver passar alguns caminhões na estrada em frente à venda. Atrás, havia a linha do trem, que era a minha felicidade ver os vagões passando. Eu ficava extasiado e observava com detalhes os vagões de passageiros e de cargas, que pareciam não terminar. Sempre que tínhamos que ir à cidade, pegávamos o trem na estação ao lado da venda.

O trem era o meio de transporte que fazia a integração de todo o Estado, em especial na Alta Paulista, pois não havia rodovias, apenas as estradas vicinais sem asfalto, poucos caminhões e ônibus, que eram importados. Portanto, o trem era, além das carroças, o meio de transporte mais usado.

A noite na fazenda era silenciosa, não havia energia elétrica e a luz era de lamparina. Após a janta, que nunca passava das 18 horas, muito cansados, ouvíamos os programas sertanejos sintonizados na Rádio Nacional e, em seguida, íamos dormir, pedindo a bênção aos pais. Em outras ocasiões, conversávamos com os vizinhos em frente à nossa casa. A distância de uma casa para outra era aproximadamente 100 metros e era muito comum os vizinhos se encontrarem para conversar.

Café, suor e lágrimas

No final da semana era diferente. No sábado, o expediente terminava ao meio-dia e, após o banho na cachoeira, os rapazes se preparavam com as melhores roupas para os bailes que aconteciam nas fazendas da região. Eu ficava morrendo de raiva e perguntava: "Por que eles vão e eu não posso ir?". Minha mãe dava sempre a mesma explicação: "Você é pequeno. Quando crescer, você vai junto". Com essa certeza, eu fiquei mais calmo. No domingo, acompanhava minha mãe até a missa.

A Fazenda Santo Antônio começava, aos poucos, a introduzir a pecuária para não depender única e exclusivamente do café. A terra sem as tecnologias de recuperação já dava sinais de cansaço, e percebíamos que o nosso futuro como colonos de café já não era muito promissor. Eu notava alguns momentos do meu pai em busca de outra fazenda, mais nova e com melhor cafezal.

Naquele ano, a colheita foi muito boa e me lembro bem de que, quando terminou, houve uma grande festa. As fazendas promoviam comemorações no final das colheitas como agradecimento pelos frutos colhidos durante o ano.

Nós, crianças, só ficávamos imaginando a tradicional compra da cidade, que sempre fazíamos após as colheitas, o que significava muitas roupas, brinquedos, doces e refrigerantes. Naquele ano, fizemos uma grande compra em Osvaldo Cruz, a cidade com maior recurso. Lá, encontrávamos as Lojas Buri e as Casas Pernambucanas, inclusive foi nela que fizemos toda a compra.

Todos da família ganharam presentes e eu, em especial, ganhei um cavaquinho, que era o meu sonho de muitos anos. Mesmo os sapatos que eu precisava ficaram para outra oportunidade. Também ganhei, das Casas Pernambucanas, uma caixa de engraxar com todos os produtos para que eu pudesse ter meu próprio ganho.

Um fato engraçado que marcou muito a minha infância em uma dessas compras após a colheita foi quando estive nas Casas Pernambucanas com meu pai e minha mãe e eles compraram um grande fardo de roupas como presente para toda a família. Quando chegamos em casa, era só ansiedade de meus irmãos em ver os presentes.

Assim que meu pai abriu o fardo, percebeu que não era o nosso, fora trocado por descuido na rodoviária, o que para nós, ansiosos para receber os presentes, foi uma grande tristeza. Mas depois de alguns dias, falando na loja, descobrimos o verdadeiro dono, foi desfeita a troca e, mesmo tardiamente, a felicidade foi completa.

Café, suor e lágrimas

Eu costumava ir à sede da fazenda nos finais de semana para cantar e tocar com meu cavaquinho para as pessoas que estavam no terreiro de café passando o tempo. O que me deixava bastante vaidoso era quando alguém me elogiava.

Essa era a nossa rotina, trabalhar nos cafezais de segunda a sábado (exceto na época da colheita), descansar no sábado à tarde após o tradicional banho de cachoeira, no domingo ir à missa ou rezar na capela da sede. Depois de rezar no domingo, vinha o futebol; estudar, nem pensar. Havia outras prioridades que a própria vida elegia e nós aceitávamos com alegria e compreensão, porque a qualidade e a harmonia em casa eram muito grandes, e o básico para sobreviver nós sempre tínhamos, um pai trabalhador e honesto e uma mãe grandiosa cuidando de todos os detalhes da casa e dos filhos, nunca nos deixando faltar nada; ao contrário, ainda ajudavam os vizinhos e parentes.

Com a minha caixa de engraxar, comecei a cuidar dos sapatos dos colonos e do patrão. Não demorou para que eu percebesse que todos os colonos só usavam os sapatos nos finais de semana. Como só andavam em caminhos de terra, sempre voltavam muito sujos, daí montei o seguinte esquema: eu retirava os sapatos na segunda-feira, engraxava em casa e os devolvia no sábado, limpinhos e bem cuidados.

Acho que inaugurei o primeiro *delivery* do qual se tem conhecimento na região, o que me fez ganhar um bom dinheiro e aprender a cultura da independência. A partir daquele momento, não mais pedi dinheiro para minha mãe; ao contrário, comecei a emprestar ou dar quando ela ou os irmãos necessitavam.

A Fazenda Santo Antônio era o nosso mundo, nossos sonhos, que eram limitados a somente dentro de suas divisas. Para meus pais, só existia a Fazenda Santo Antônio e as Minas Gerais, que um dia ficou para trás e, de saudade, eu os via chorar. Minha mãe, de choro explícito, e meu pai, de choro por dentro que somente ele percebia. Como bom mineiro, era muito orgulhoso e vaidoso, não queria que os filhos vissem suas fraquezas.

Somente quando voltava da venda, após ter tomado algumas cachaças, ele se tornava alegre e descontraído, falava muito, contava "causos" e todos nós entendíamos a razão de sua descontração. Assim que passava o efeito, voltava a ser o mineiro sério de poucas palavras.

Era notório o declínio da fazenda. A cada ano, a produtividade era menor, os preços do café sofriam concorrência internacional forte e havia o problema da transição dos fundadores para os herdeiros, o que para os antigos colonos, era bastante desconfortável. O ciclo do café, que iniciou em 1890, já tinha cumprido a sua missão, como formação e transferência da renda do campo para as cidades, nas indústrias e no comércio.

Então, um belo dia, minha mãe e meu pai nos comunicaram que trocaríamos de fazenda, continuaríamos a sermos colonos, mas em outro lugar, na mesma Alta Paulista, não muito longe da fazenda atual. Era uma fazenda menor, com cafezais mais novos e boa produtividade, o que fazia renovar nossos sonhos. Para meus pais, mudar em busca de melhoria de vida era algo normal, desde os tempos de Minas Gerais, já estavam acostumados com a vida cigana.

Meu pai era tropeiro e ficava meses fora de casa, viajando para outras regiões de Minas e para o sul da Bahia, comprando e vendendo mercadorias. Minha mãe cuidava da venda e da criação dos filhos. Inclusive, quando eu nasci, ela fez sozinha o parto, só depois foi cuidada pela parteira.

Para nós, sair da Fazenda Santo Antônio era uma grande perda e algo muito triste. Conhecíamos todos os moradores, existia um amor profundo pelos amigos, a casa, o rio e, especialmente, pela cachoeira. Apesar da minha forte lembrança dessa cachoeira, um dia os moleques me pegaram e me jogaram lá do alto; sem saber nadar, só não morri porque meu irmão chegou e me salvou. Até hoje, lembro a sensação da agonia da morte.

Deixar tudo para trás: a cachoeira, a nossa casa, os cafezais que cuidávamos como se fossem nossos, o choro do patrão quando soube da nossa partida, das pessoas que me ouviam cantando e tocando cavaquinho... A perda era grande, mas o nosso espírito aventureiro falava mais alto. Além da perda sentimental, estava perdendo o meu grande negócio, deixando meus clientes, o *delivery* e a minha independência. Mas como a família era unida e obediente, tínhamos que aceitar a decisão do meu pai, inclusive minha mãe ficava quieta com ele.

Os dias foram passando, a data da mudança se aproximando e aquela esperança de que meu pai mudaria de ideia não se confirmou. Subimos no caminhão e, com a mudança, fomos para a Fazenda Atali, que era um lugar diferente, mas com o mesmo modelo de administração. Só soubemos depois que foram oferecidas algumas vantagens em relação à fazenda anterior.

A Fazenda Santo Antônio era mais um capítulo da nossa saga retirante que ficava para trás. Quando saímos de Minas, lá em cima do Norte, fomos de caminhão até Montes Claros, de trem até São Paulo e daí para o norte do Paraná, de caminhão. Depois, outro caminhão para a Fazenda Santo Antônio no Estado de São Paulo, que nos recebeu de braços abertos.

Nesta fazenda, além de trabalharmos, aprendemos os primeiros termos do "paulistês" e nos qualificamos como cafeicultores com as técnicas que só tinham no Estado de São Paulo, principalmente na Alta Paulista, razão pela qual já estávamos sendo convidados para trocar de fazenda com muitas vantagens em relação aos mineiros e nordestinos que também chegavam para a mesma fazenda. Isso nos deu prioridade para escolher a casa, entre outras vantagens pequenas que, para retirantes e colonos, eram muito importantes.

Só que estávamos outra vez em cima de um caminhão; o que, para um menino como eu, era muito triste, mas ao mesmo tempo divertido. Lembro-me de novo do Patativa do Assaré, que dizia: "Em um caminhão bota a família, chegou o triste dia, já vai viajar...". Era assim mesmo, só não era triste porque minha mãe dizia que estávamos mudando para melhor e que, na nova fazenda, tinha escola perto e, talvez, pudéssemos estudar e aprender a ler para ajudarmos na leitura do terço, já que só minha mãe sabia ler. Meu pai nunca aprendeu a ler, por isso percebia que essa cegueira era motivo de muita tristeza quando o assunto era leitura, coisa que 99% dos colonos também não sabiam. Eu, sinceramente, não pensava em estudar, queria mesmo era ser cantor de modas sertanejas ou um maquinista de trem, profissão que idolatrava.

De cantor, me imaginava com a voz de Zico e Zeca ou de Tonico e Tinoco*; como maquinista, usando aquele boné bonito, com aquele uniforme lindo, conduzindo sozinho aquele imenso trem cheio de gente e carga, dependendo só dele para seguir nos trilhos de cidade em cidade. Ou, talvez, um cantor que soubesse comandar um trem, este seria o ideal.

Minhas preocupações eram de, na nova fazenda, não existir a linha do trem, se nosso rádio tocaria as mesmas modas que tocavam na Fazenda Santo Antônio e se lá teria o terreiro de secagem de café com pessoas dispostas a me ouvir com meu cavaquinho e minhas modas. Se isso não fosse possível, eu teria certeza de que não seria feliz. Tocar e cantar eram para mim como um canto de passarinho que voava feliz sabendo que seu canto seria ouvido por alguém em algum lugar, como alguém que canta para sua amada ouvir e se apaixonar, para sua vida ficar doce e livre das coisas tristes do mundo. Cantando e sendo feliz na nova fazenda era tudo ou quase tudo que eu queria. Aprender a ler,

---

* Zico e Zeca, Tonico e Tinoco foram duplas sertanejas de grande sucesso no Brasil.

continuar indo às missas aos domingos e nas festas de São João eram as nossas esperanças.

    No início, não foi fácil conviver com pessoas estranhas na nova fazenda, mas fomos aprendendo a amar e respeitar os que moravam lá, até porque eram mineiros sofridos, esperançosos e sonhadores também.

3
OLHA O TREM NA ESTAÇÃO

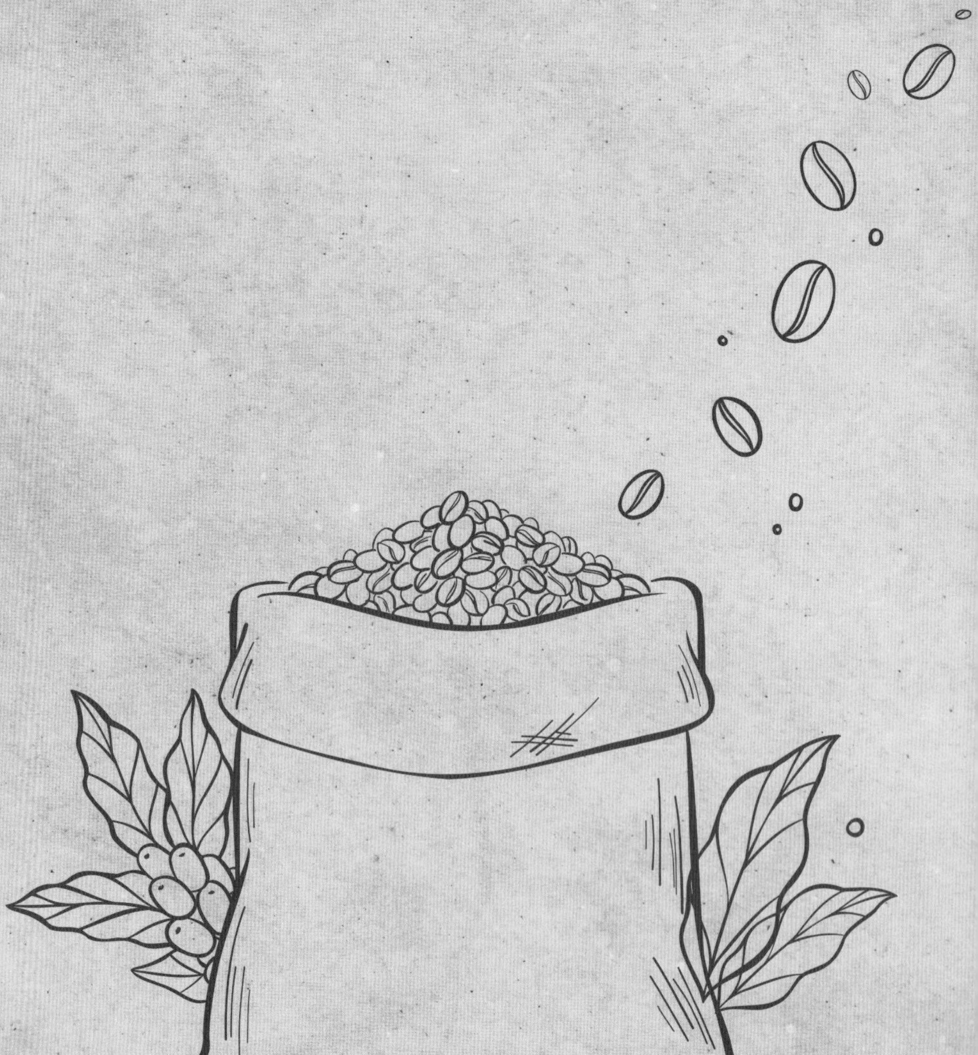

De novo, a minha intimidade com o trem, desde a saída de Minas Gerais. Trem, pau de arara, e trem outra vez. A minha paixão pelo trem, que era a nossa esperança de uma nova vida, um novo tempo, de ir e vir, me fez escrever uma poesia:

Olha o trem na estação

Olha o trem na estação
Que chega, traz amor e canção
Quem chega, sorri e abraça
Quem vai, chora e diz adeus
Trem que leva os sonhos meus
Que vai de estação à estação
Que leva meu amor e meu coração
Que me faz chorar na despedida
Que me faz a alma profunda

Eloizo G. A. Durães

Quando seu apito de chegada
Na partida, inesperada
Apenas um adeus da janela
No vagão, só saudade, só ela
Que se foi sem me beijar
Sem ao menos dizer e desejar
Uma noite feliz, quem diz
No trem do meio-dia
Que alegria vem e a tristeza vai
Eu fiquei aqui no cafezal
Esperando que o trem voltasse
Que você falasse apenas uma palavra
Que o trem apitasse na volta
Na revolta do coração choroso
Mas o amor que o trem levou
Que chorou, chorou, mas segue
Para o seu destino, que diz
Que um dia, em outra estação, seria feliz
No cafezal eu fiquei esperando
Cantando a moda que fala do trem
Da fazenda ao sonho do além

Para o mineiro, qualquer coisa se chama trem. "Mãe, me dá o *trem*", "mulher, deixa este *trem*". Trem é o que o mineiro diz para exprimir o nome de qualquer objeto. Para mim, trem é sinônimo de alegria e tristeza, de amor e solidão, de saudade e de sonho. De andar e chegar a algum lugar adiante, mas perto do coração das pessoas que me amam. Ou do lugar reservado, longe de todas as tristezas, que só o apito do trem consegue confundir e trazer a esperança que balança em todas as curvas, levando amor e poesias.

Não existia trem em Rubelita, somente os trens que o mineiro costuma chamar todas as coisas. Mas em Iacri, a cidade mais próxima da fazenda, o trem passava no meio da cidade, que sempre desembarca um mineiro, que vem se juntar a nós, buscando o sustento para seu corpo e sua alma, normalmente deixando a família e vindo só, para depois, assim que tiver empregado, em um momento melhor, voltar e trazer a esposa e os filhos.

Era como chegar de trem na terra prometida, com o aval de Deus amado, que indicava um novo lugar. Longe de seu amor, perto de sua dor, mas que pudesse suar com lágrimas, com ou sem café, com toda a fé que os sonhos oferecem, que o destino e o trem trouxeram até aqui, ali, perto e longe, longe e perto do coração.

Na nova fazenda, apesar do mesmo modelo, nós tínhamos que começar tudo de novo: conhecer o novo patrão, o administrador e os vizinhos que estavam bastante curiosos com a nossa chegada.

A nova rotina não era nada diferente da anterior, trabalho de segunda a sábado até meio-dia, missa e descanso no domingo, para reiniciar na segunda.

A cachoeira linda e cheia de quedas d'água foi substituída por um pequeno rio no fundo da nossa casa. Tínhamos que atravessar um pasto e andar uns dois quilômetros até chegar ao rio, no qual, durante a semana, as mulheres lavavam as roupas e, nos finais de semana, os homens tomavam seus banhos tradicionais dos sábados.

Nessa época, meu pai já estava adaptado ao regime do novo patrão, que era mais presente e mais profissional, mas bastante amigo dos colonos, o que possibilitava uma relação de trabalho ao empregado com maior comprometimento. Isso levava a Fazenda Atali a ter um dos maiores índices de produtividade em toda a região.

Comparado com a Fazenda Santo Antônio, nós tínhamos algumas vantagens, porque a Fazenda Atali tinha uma localização estratégica na questão logística, ficava entre duas estradas principais, perto da cidade e ao lado da linha do trem, o que facilitava o deslocamento tanto para cidade mais próxima como para outras cidades mais importantes da região.

O tempo foi aos poucos passando, fomos conhecendo muitas pessoas na fazenda e nas regiões próximas. Fomos descobrindo que havia muitos mineiros, principalmente da nossa região, que fizeram o mesmo caminho e que, como nós, estavam ali para fugir da vida dura do Vale do Jequitinhonha e sonhar na nova terra, nos cafezais mais famosos do mundo, com uma vida digna para toda a família.

No primeiro ano, a colheita não foi tão boa. Só conseguimos pagar as dívidas com o patrão e não sobrou quase nada, mas os colonos sempre acreditavam que no próximo ano tudo seria melhor, que choveria na época das floradas, que os frutos cresceriam e amadureceriam, que, na época da colheita, o tempo ajudaria com o sol para secar o café.

Eu me lembro que, quando as chuvas demoravam a chegar, principalmente na época das floradas, as mulheres se reuniam e faziam procissão com rezas e cantos voltados para o pedido da água cair do céu. Também daquelas senhoras, incluindo minha mãe, que, em fila, rezavam e cantavam. O mais interessante é que, sempre após a procissão, a chuva aparecia.

Era muito lindo ver aquele cafezal molhado pela chuva, mostrando os botões e as flores brancas, que, dentro de alguns meses, se transformariam nos grãos preciosos e em esperança para os colonos que viam na natureza uma grande aliada para seus sonhos.

Muito importante era o papel das mulheres, que, além da casa, ajudavam no período das colheitas. Lembro que minha irmã Hilda, desde muito jovem, trabalhava como qualquer homem. Aliás, todas as mulheres eram muito fortes e uma grande fonte de esperança e energia para todas as famílias. Eram mineiras com sangue mineiro, guerreiras e esposas.

4

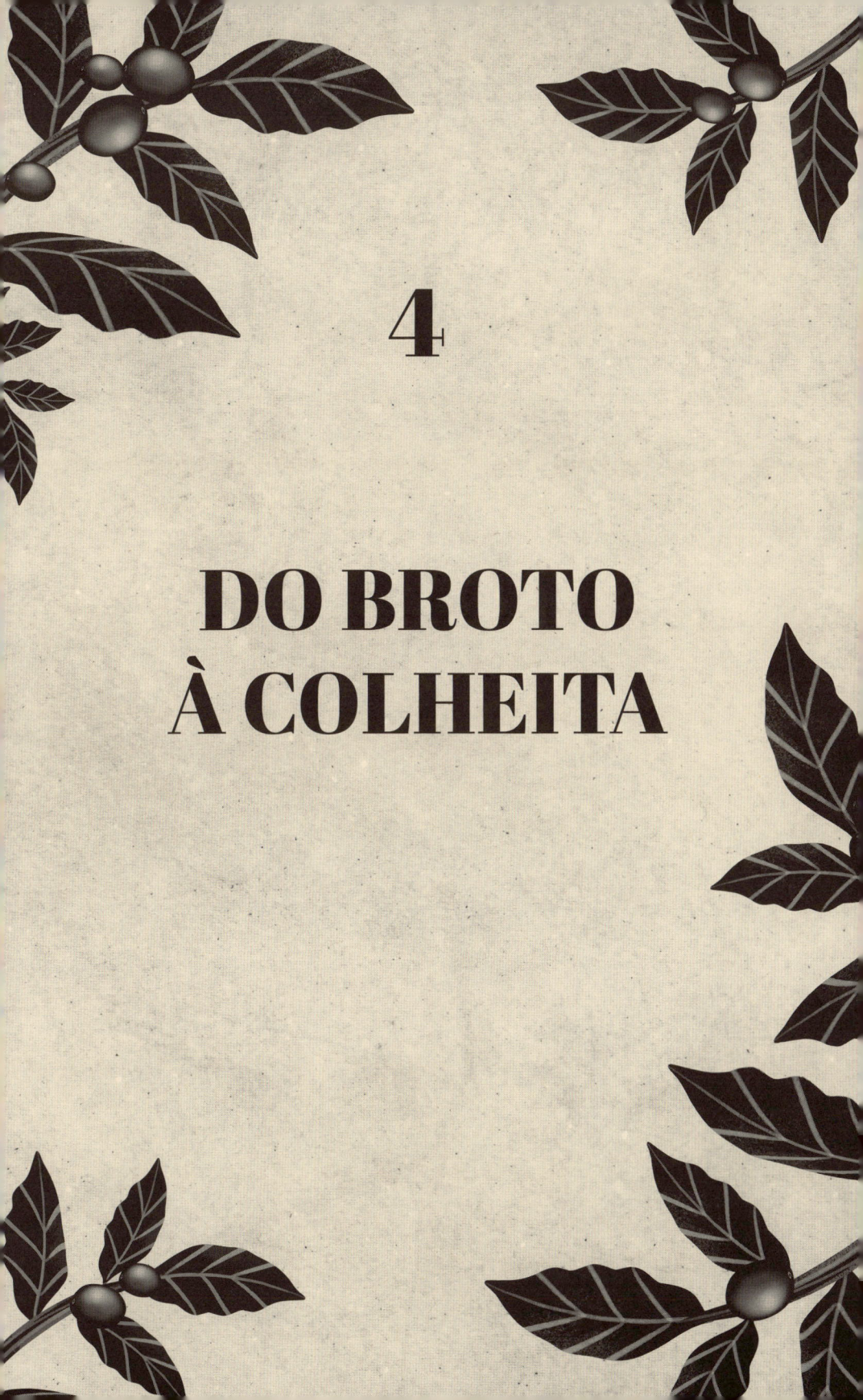

DO BROTO
À COLHEITA

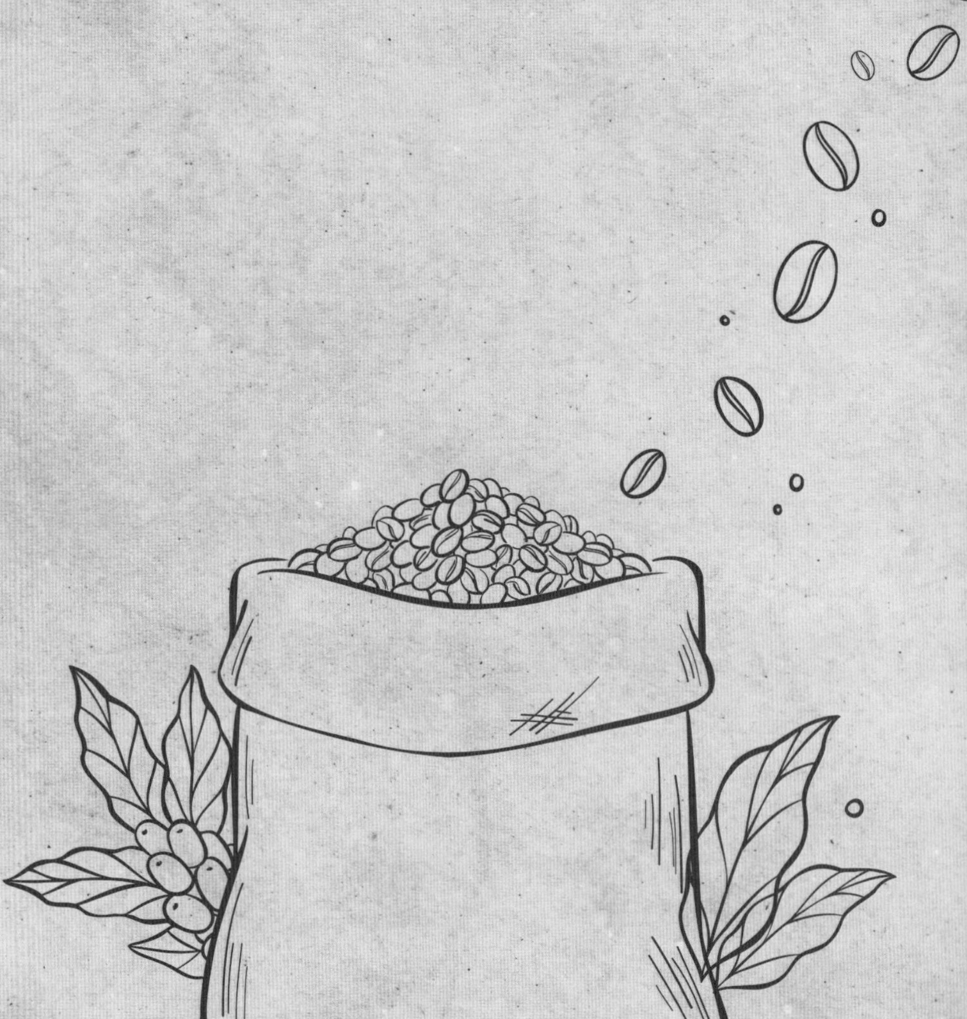

N as fazendas de café daquela região, existia uma comunidade muito grande de migrantes mineiros e, não por coincidência, da mesma região do Vale do Rio Jequitinhonha. Assim, mesmo de cidades e locais diferentes, todos conheciam alguém que conhecia fulano, que sabia quem era ciclano. Todos com história de vida mais ou menos parecida, pessoas que não tinham como sobreviver mais em suas terras, expulsos pela miséria, que vinham em massa para o estado de São Paulo, para colher café ou se empregar na capital em que a indústria já era muito forte, principalmente a da colônia italiana, tendo como símbolo máximo as indústrias Matarazzo*, que

---

* As Indústrias Reunidas Fábricas Matarazzo foi um grupo empresarial brasileiro, maior da América Latina, com sede no município de São Paulo, capital do estado homônimo, onde empregava cerca de 6% da população em várias partes do país.

cresciam em ritmo acelerado e disputavam mão de obra agrária, além da construção civil, que construía São Paulo em velocidade alucinante.

Difícil um mineiro colono que não tinha parente em São Paulo; inclusive, nós tínhamos um tio que morava no bairro de Perdizes. Quando viemos de Minas de trem até São Paulo, ficamos alguns dias na casa dele.

Nos finais de semana, nos reuníamos em torno de um terço movido ao tradicional café com biscoito de polvilho, sem faltar a cachacinha e as modas sertanejas; ouviam-se "causos" e mais "causos" saudosos de suas terras, recheados de tristeza e saudade.

Como diz Patativa do Assaré: "Se alguma notícia da banda do norte, tem ele a sorte e o gosto de ouvir, lhe bate no peito, a saudade de 'moio' e as águas no 'zóio' começa a correr". Quanto mais as garrafas esvaziavam, mais os "causos" ficavam interessantes e divertidos.

Mineiros falando de Minas para mineiros. Nós, meninos, ficávamos ouvindo e imaginando como seria aquela terra que eles diziam que era rica em ouro e pedras preciosas – minha cidade, Rubelita, tem nome de pedra preciosa. Contavam histórias de pessoas que enriqueceram da noite para o dia, dos garimpos onde havia uma variedade enorme de pedras.

Café, suor e lágrimas

Eu não entendia porque, com essas riquezas, nós e todos os outros tivemos que sair daquele lugar tão rico e vir de caminhão, de trem e até em carroça para colher café, em um lugar tão distante, de pessoas tão estranhas e de falas diferentes, que no início não nos davam a oportunidade de sermos amigos.

Apesar de buscar uma resposta, não a encontrava. Me perdoem, mas tenho que voltar em Patativa do Assaré: "Chegando em São Paulo, sem cobre quebrado, o pobre coitado procurava um patrão, só vê cara estranha, de estranha gente, tudo é diferente do caro torrão".

Aos poucos, fomos nos adaptando. Com a família crescida, os colonos viviam muito melhor que nas Minas Gerais. Cada um que melhorava de vida trazia mais algum parente, assim a corrente aumentava, fora os que vinham direto para São Paulo ou para os cafezais do norte do Paraná, que era a grande febre migratória, inclusive do próprio Estado de São Paulo, motivo pelo qual os migrantes do norte do Paraná têm uma forte identidade com a cultura paulista.

As regiões de Londrina e Maringá eram os *eldorados* para os colonos paulistas que sonhavam em ser patrões de si mesmos. A terra roxa era o sonho, inclusive nosso, que já conhecíamos. Quando chegamos de Minas, fomos para Alvorada do Sul, próximo a Londrina, meu pai sonhava alto e nos dizia que um dia teríamos a nossa terra, plantaríamos de café a quiabo, os filhos cresceriam, casariam em suas terras, os netos chegariam e os frutos da terra seriam a nossa força e bênção. Seríamos felizes, perto do café, do suor e das lágrimas.

Achava muito interessante nas noites reunidas, que aconteciam normalmente durante os terços, nas festas de Reis, de São João, todos eram compadres, afilhados. Eu mesmo tinha um monte de padrinhos e madrinhas, mas os que me davam presentes eram poucos ou quase nenhum, o que me deixava triste, porque sempre pensei que o papel principal do padrinho era dar presentes aos afilhados, e tínhamos padrinhos de batismo e de fogueira.

Hoje, se tivesse um "felicidômetro", diria que o grau de felicidade era muito alto, pois nosso nível de exigência para sonhar era relativamente modesto, até porque tínhamos o básico para sobreviver, nada faltava e, naquela modesta vida, em nossos corações, só havia gratidão. As festas de São João eram tão importantes que substituíam Natal, Ano-Novo, inclusive datas dos aniversários, os quais não faziam parte do calendário mineiro. Só me lembro de comemorar aniversário depois de quase adulto.

Café, suor e lágrimas

Criamos na fazenda uma verdadeira república mineira, uma organização informal desenvolvida pelas circunstâncias da sobrevivência, já que, apesar das divergências, nos momentos de dificuldades, éramos muito solidários. Por meio desta união, conseguíamos preservar os costumes mineiros na música, na política e, principalmente, na gastronomia, com os pratos saborosos, carregados no tempero da culinária mineira. Minha mãe, com quase 102 anos de idade e 73 vivendo em São Paulo, ainda é uma mineira de raiz.

Para o mineiro, festa é sinônimo de alegria e felicidade. É momento de comemorar o amor e a falta de tristeza, coisa que é muito rara nos corações mineiros. Ser triste é como estar doente, portanto sempre expulsamos a tristeza e, em seu lugar, chamamos a alegria e o amor. Tudo isso era representado nas festas de São João, Folia de Reis, nos encontros simples nas casas dos amigos mineiros regados a café com biscoito de polvilho – biscoito "escrevido", como minha mãe chama, porque, quando ela vai distribuindo a massa, colocada dentro de um saco plástico de arroz de 5 kg vazio, na forma de assar, é como se fossem letras –, bolo de fubá, brevidade, doce de leite, a cachaça, que nunca poderia faltar. Também não faltavam as modas de raízes sertanejas, e o melhor, os causos das Minas Gerais, que todos nós ficávamos em silêncio para ouvir. Era uma disputa ferrenha para quem contasse mais causos. Até hoje, lembro desses momentos.

Novamente, o caminhão estava carregado. O nosso destino agora era o interior de São Paulo, cidade de Alta Paulista. Na cabine, eu no colo da minha mãe e, no coração, a dor de mais uma partida.

Era o ano de 1952 quando chegamos à Fazenda Santo Antônio para trabalhar nos cafezais, vindos de Minas Gerais, com uma parada bem rápida pelo norte do Paraná, onde ficaram alguns parentes (pois mineiros são todos parentes) e meu pai resolveu vir para São Paulo.

A Fazenda Santo Antônio nos acolheu e ali começamos a nossa vida fora de Minas Gerais. Um pouco como na música *Peixe Vivo**, na qual, assim como o peixe fora da água fria, nosso destino estava selado e a nossa missão era colher café, somente café. E tentar entender que Minas Gerais fazia parte do nosso passado, coisa que era muito ou quase impossível fazer a Dona Anita e o senhor Gentil conseguirem.

---

* Música de autoria de Valdemar de Jesus Almeida, conhecido como Carlos Mendes, e Neurisvan Rocha Alencar, cantada na voz de Milton Nascimento.

Café, suor e lágrimas

O Brasil vivia uma das fases mais difíceis da sua história política. Vinha de um período pós-guerra, a situação econômica muito complicada e o presidente Getúlio Vargas*, em seu último e definitivo mandato, tentava restabelecer a ordem, mas as novas ondas e organizações políticas não permitiam.

Getúlio voltou ao poder em janeiro de 1951, recebendo a faixa de Gaspar Dutra. Assim, começava uma nova era Vargas, que voltou ao poder pelo voto livre, com uma esmagadora vitória, mas encontrou um país muito diferente daquele que governara de 1930 a 1945.

A sociedade brasileira apresentava uma estrutura de classe bem diferente do que no tempo do Estado Novo. Já existia uma classe operária urbana e a classe média urbana politizada sedenta por democracia, que era a questão em voga, após ganhar com a vitória dos aliados, mas que nos deixou como herança a chamada inflação do pós-guerra, que desequilibrava as nossas contas e os nossos balanços. Todos os governos do Brasil tentaram com maior ou menor vigor aumentar ao máximo a receita cambial, já que o café foi o maior produto de exportação no decorrer da República.

---

* Getúlio Vargas (1882-1954) foi presidente do Brasil durante 19 anos. Foi o primeiro ditador do país, e mais tarde presidente eleito pelo voto popular. Permaneceu no poder entre os anos de 1930 a 1945 e de 1951 a 1954, ano em que se suicidou.

Os fazendeiros, com apoio e proteção governamental, e a classe média emergente tinham o aval da UDN, partido que a representava, pois Getúlio fez um governo de conciliação e seu partido, o PTB, ficou apenas com um Ministro, o do Trabalho, os outros foram negociados em nome da governabilidade. Mesmo o seu Ministro do Trabalho, representante do PTB, renunciou por insatisfação em relação ao governo.

Na Fazenda Santo Antônio, nessa época, nós não imaginávamos o que e quem estavam definindo o destino do país. Não tínhamos a menor ideia do que Getúlio Vargas estava fazendo ou dos políticos como Ademar de Barros, governador de São Paulo, mas, para nós, colonos mineiros, e outros, como os nordestinos, era quase insignificante o que acontecia na política. Só conhecíamos o que era transmitido pelo rádio. Na fazenda, o trabalho era duríssimo, ainda tínhamos a saudade da nossa terra. Nosso bem maior era a nossa fé, o nosso amor no Deus que imaginávamos justo e caridoso, e no nosso trabalho, força e luta.

A maioria de nós não sabia o nome do governador, mas acreditava que estava trabalhando a nosso favor. Caso também não estivesse, nada mudaria, pois tínhamos que lutar, trabalhar de segunda a sábado para preparar a terra, pedir que o bondoso Deus mandasse a chuva no momento certo e que a colheita nos desse condições de pagar as nossas dívidas com o patrão.

Nosso governador estava pensando em como melhorar as nossas vidas como colonos nas fazendas de café, produto que, no pós-guerra, teve um aumento muito grande de preços, chegando a 97 centavos de libra em Nova York.

A vida andava como Deus queria que fosse na fazenda. Eu começava a entender as coisas e a minha família, incluindo meus pais, que já não sentiam tantas saudades das Minas Gerais, porque São Paulo era a nossa nova terra. A Fazenda Santo Antônio era a nossa casa, e o nosso Deus já era mais paulista do que mineiro.

Getúlio Vargas, gaúcho de Passo Fundo, era o nosso presidente, eleito pelo povo e com aprovação máxima da classe média paulistana. Porém, em seu governo, começou a sofrer forte oposição vinda do Rio de Janeiro, pela UDN apoiada pelos órgãos de imprensa, formadores de opinião e do maior opositor de Getúlio, que era um dos políticos mais hábeis do país, chamado Carlos Lacerda*.

Lacerda era um orador imbatível, um político inteligente e que fazia oposição cerrada ao governo Vargas,

---

* Carlos Lacerda era reconhecido como o principal adversário político de Getúlio Vargas por conta do teor das acusações que ele fazia contra o presidente e por sua postura incansável. Foi membro da União Democrática Nacional (UDN), vereador, deputado federal e governador do Estado da Guanabara.

a ponto de, com seus discursos, desestabilizar o governo e criar uma disputa com o presidente, deixando-o vulnerável inclusive com a classe trabalhadora, que sempre foi a sustentação do seu governo desde o período da ditadura.

Getúlio já não conseguia controlar seu governo. Com a tentativa de assassinato de Carlos Lacerda, atribuída a Gregório, fiel escudeiro, analfabeto, mas que acompanhava o presidente há 30 anos. Lacerda só foi atingido levemente, mas o seu acompanhante, Major Rubens Florentino Vaz, morreu.

A instabilidade política levou à indecisão sobre seu futuro no governo e fez com que Getúlio, em um ato heroico em 24 de agosto de 1954, se suicidasse, o que gerou uma comoção nacional, pois foi o irmão, o tio, o pai, o avô, enfim, foi tudo para a classe operária. Foi ele quem criou as leis de proteção trabalhista – CLT, a Petrobrás, a siderúrgica CSN, as condições para o país desenvolver e achou melhor ficar para a história oferecendo sua vida.

Em 1954, o vice-presidente Café Filho assumiu a presidência para fazer o governo provisório, que foi de 1954 a 1956. Político ligado a Ademar de Barros e à oligarquia paulista, mas que garantia a todos os partidos a realização de eleições presidenciais para o próximo mandato, que se iniciaria em 1956.

Café, suor e lágrimas

O PSD foi o primeiro partido a escolher o próprio candidato em convenção. O partido indicou unanimemente o governador de Minas Gerais, Juscelino Kubitschek, doutor em medicina e bisneto de imigrante tcheco, a fazer carreira no PSD mineiro.

Ninguém imaginava o Brasil sem Getúlio, era impossível acreditar que ele tinha se suicidado, mas era compreensível acreditar que ele dera sua vida pelo país que tanto amou e trabalhou, e que o destino lhe reservou um final que todo povo brasileiro não esperava, porém que a história se encarregaria de explicar.

Foi-se Getúlio, o povo ficou órfão, o país jamais seria o mesmo sem seu mais importante chefe da história da República. O povo chorou, encheu as ruas, lamentou, mas Getúlio se despediu, a vida continuou e o Brasil também. Depois veio JK e o povo voltou a sorrir.

A nação inteira não conseguiu entender o porquê da morte tão brutal do presidente Getúlio, homem de baixa estatura, de um coração e alma muito grande, que foi capaz de findar com uma oligarquia agrária chamada café com leite, na qual São Paulo e Minas revezavam no poder com alta concentração da renda, principalmente nas mãos dos fazendeiros do café.

Getúlio fez a revolução, modernizou o país, preparou a nação para outro estágio de desenvolvimento constituindo as condições necessárias para a industrialização, principalmente com a siderurgia. Iniciou em Volta Redonda com a Companhia Siderúrgica Nacional – CSN, que, segundo alguns historiadores, foi uma das trocas para o apoio do Brasil aos aliados contra Alemanha e Itália. Mas o homem que fez tudo isso foi capaz de tirar a própria vida e deixar o povo órfão.

Getúlio, já no início de 1953, se encontrava numa posição extremamente vulnerável. Embora seu plano econômico de estabilização ainda tivesse algum resultado positivo a apresentar, tinha conseguido marginalizar quase todos os setores econômicos, inclusive a classe trabalhadora, que Getúlio deixara esperando longos meses pelo aumento.

Ele já estava se aproximando do final do mandato, faltavam apenas um ano e poucos meses, sendo que a constituição provisória, a reeleição e a oposição que vinha dos quartéis, inclusive do próprio vice-presidente, Eurico Gaspar Dutra, já iniciava a campanha política para o próximo presidente. Um dos primeiros a anunciar sua candidatura foi o folclórico governador de São Paulo, Ademar de Barros, ajudando Getúlio a adotar uma nova estratégia política e iniciar as referenciais do poder.

Essas condições explicam, talvez, o motivo do suicídio, com o aumento da pressão política com os resultados

dos indicadores desfavoráveis. Tudo isso andou em progressão geométrica.

A oposição começara a tomar corpo no princípio do ano, com a adesão à UDN de vários militares após o manifesto dos coronéis, com a imprensa antigetulista mantendo fogo cerrado com temas como moralidade e corrupção. Getúlio tentava dar a volta, mas o cerco estava armado.

Criou decretos sobre o salário-mínimo visando se fortalecer com a classe trabalhadora, no entanto não conseguiu o apoio da classe, o que o deixava cada vez mais distante de suas bases de sustentação, que foram sempre sua sabedoria.

Em toda a sua carreira, Getúlio sempre contava com seu talento pessoal de persuasão e poder de manipulação, mas nessa época seus mais próximos começavam a perceber que ele parecia envelhecido e cansado, pois já estava com 72 anos e deixava transparecer os efeitos do tempo que suportara todas as cargas durante o Estado Novo. Já não era o mesmo revolucionário que marchou do Rio Grande do Sul até o Rio de Janeiro com uma missão de mudar o país – e realmente mudou.

Estava cansado, não reagindo com vigor às dificuldades que o poder requisitava, parecia indiferente a tudo o que acontecia à sua volta. Talvez não tenha sabido a hora certa de parar, a sua volta ao poder foi um desastre, pois o povo tinha em mente o Getúlio enérgico e poderoso do primeiro mandato; desta vez, era apenas uma triste lembrança para todos.

Na fazenda, o clima estava ótimo. Apesar do boicote americano ao café brasileiro por causa da fixação do preço mínimo em 87 centavos de libra, os preços estavam muito bons e os fazendeiros não pensavam nada diferente, pois ganhavam muito dinheiro e era evidente a concentração de riqueza. Isso aumentava ainda mais a distância entre o patrão e os colonos, tema muito explorado pelo PCB – Partido Comunista Brasileiro, liderado pelo Luís Carlos Prestes, que discutia abertamente as questões da miséria versus a riqueza, amparado e influenciado pelo socialismo da União Soviética, tendo Stalin como comandante supremo.

Tudo conspirava com as ações lideradas pelos generais antigetulistas com as condições para exigir a renúncia do presidente, que cada vez mais ficava enfraquecido.

Imagine se na fazenda nós, colonos, sabíamos o que se passava no Palácio do Catete. A nossa vida era trabalhar de segunda a sábado, rezar no domingo e sorrir e chorar se fosse preciso. E nunca reclamar, pois Deus tinha a obrigação de nos cuidar, não faltando comida, trabalho e um patrão bondoso que nos cobrava juros até do ar que respirávamos na sua fazenda. A vida ia muito bem, obrigado.

Getúlio se acabava aos poucos, já não tinha mais forças, a oposição não lhe dava trégua e seu final já era quase que anunciado. Não suportando a oposição, só teve uma alternativa, que dependia única e exclusivamente dele apertar o gatilho, despedindo-se do povo que tanto amou, com uma carta suicida deixada e entregue aos jornais, denunciando uma campanha de oposição dos grupos nacionalistas aliados aos grupos internacionais que havia tentado bloquear o regime de proteção ao trabalho, as limitações dos lucros excessivos e as propostas da criação da Petrobrás e da Eletrobrás.

Com os lucros das empresas estrangeiras alcançando 500% ao ano, enquanto as medidas do governo para proteger as exportações de café provocavam uma pressão sobre a nova economia, Getúlio não tinha saída: ou renunciava (pois os militares não lhe davam outra alternativa) ou faria o que acabou acontecendo, o suicídio. Era morte autoritária, sem consentimento de seu povo, que, certamente, se consultado, nunca aprovaria.

No cafezal, eu crescia e aprendia como sobreviver do trabalho sem fazer atalho, enfrentando a vida desde cedo, para não ter medo de sorrir e partir para a luta na labuta do dia comprido, e sofrendo pelo sol e a poeira da peneira do café abanado pelo trabalhador com sua peneira na mão, tentando imaginar o vento que vinha em sua direção para sair a palha e ficar o grão, e seu trabalho ser abençoado. Com o presidente morto ou vivo, com seu sonho feito ou desfeito, que te dói no peito e traz o amor pela terra e os segredos dela, que lhe dá o sustento e os motivos de viver e acreditar nos filhos e no amor aos sonhos.

Foi-se Getúlio, mas continuávamos a acordar às quatro da manhã, trabalhar no sol ou na chuva e voltar para casa no final do dia. Somente o nosso amigo rádio nos contava o que estava acontecendo no Rio de Janeiro, antiga capital da República.

De sol a sol, o café na colheita, o amor e o café
Talvez no próximo ano será melhor, talvez será, talvez não
Talvez eu irei te ver na terra natal, talvez eu não verei, talvez
Mas meu amor que ali ficou
Sobrou apenas a saudade
Da cidade, do rádio
Eu acho que voltarei, não sei, talvez
Outra vez
Adeus
Talvez não adeus, até logo
A Rubelita, a Anita, a despedida

Café, suor e lágrimas

Os sonhos, os filhos
O café, a florada, a semente
Na mente, só saudade
Saudade como alimento da alma
A sombra do sol do meio-dia
Direto e reto no nosso olhar
Nossas Minas Gerais ficaram para trás
Os sonhos viriam à frente
Queremos sonhar e sobreviver
Chorar e sorrir se preciso
O trem de novo que apita
A criança esperança que grita
A sombra do cafezal
O astral da vida que segue
O soluço sem poder chorar
A alegria em ser feliz por muito pouco
O amor distante e perto
A luz do sol, mas lágrimas no rosto
O café, doce, amargo com fé

Parece que o nosso destino era andar atrás da trilha do café. Para onde o café se transferia, lá estávamos nós, com a mudança em cima de um caminhão em busca do ouro preto e de terras novas onde poderíamos renovar nossos sonhos e, talvez, esperar uma mãozinha de Deus que, em alguns momentos, pensávamos que ele tinha nos esquecido. Cada passo que dávamos atrás da trilha do café, tínhamos a certeza e a tristeza de que, a cada dia, estávamos mais e mais distantes das nossas Minas Gerais.

Paraná foi o nosso próximo destino. Noroeste do Paraná, terra selvagem, mundo novo, nova vida, novo sorriso, novo choro. Mas nós estávamos seguros, pois tínhamos um pai e uma mãe guerreiros que estavam cumprindo os desígnios de seus destinos, escritos após romperem ou serem expulsos da sua terra amada. Tinham que andar por onde as setas da vida lhes indicassem e, mesmo com choro e lamentos, era a missão que tínhamos de cumprir por toda a nossa vida.

Paraná era um lugar novo, distante, diferente, mas, com certeza, encontraríamos lá muitos mineiros com sonhos parecidos e muito sofridos, como de todos os pobres, sonhadores e alegres mineiros que, longe de suas terras, só tinham um discreto desejo de serem felizes e estarem sempre juntos, na tristeza ou na alegria, de noite ou de dia.

Nossa chegada ao Paraná foi no ano de 1962. Um mundo bruto, mata brava, sonho novo, só a saudade era a mesma, a família já crescida somando uma grande força de trabalho.

Café, suor e lágrimas

Sonhos meus, ó meu Deus
Onde estamos, diga-me
Aonde chegamos, diga-me
Onde choramos, diga-me
Diga-me por que este caminho
Diga-me com carinho se puder
Onde vier, nós iremos
Onde chorar, nós choramos
Diga-me e nos abrace
Faça o meu amor chegar
Na hora do sonho e chorar
E só pedir um simples abraço
Na despedida da minha solidão
E querendo ser menino
E esperando apenas um beijo

A nossa vida não tinha espaço para poesia, pois o dia era de sofrimento, muita dor e suor. Era vendo as pessoas sorrindo, gritando ao som do rádio Semp, que a voz de vez em quando sumia e voltava como se fosse uma imagem das pessoas falando, e os gols sendo mostrados em uma grande tela que só existia na minha imaginação, e de todos os colonos que, durante aqueles 90 minutos, esqueceram o sofrimento e as angústias da vida longe da sua gente bem distante, lá no vale do Jequitinhonha.

Muito longe, com muitas léguas de distância da Rubelita, esquecida e lembrada pelo íntimo dos corações chorosos de saudade.

A saudade era insuportável, mas era apenas saudade. Chorar até era possível, voltar nunca mais. A paisagem do café, verde ou maduro, substituía para sempre o cheiro do queijo fresco, da rapadura, do pão de queijo e do beijo do amor distante, que parece estar perto e muito longe dos corações que sonham, mas não podem voltar.

Estas são as Minas Gerais pobres, ingratas, mágicas, que expulsam sua gente, descrente, mas que continuam amando, mesmo com o sofrimento da separação.

Ó Minas Gerais, jamais
O meu amor ficou
Sonhou, sofreu, voltou
Na fazenda, o sonho meu
Uma carta outra dor
Anita, Gentil, sonhos mil
A querida Hilda, mais velha
Amélia, filha amada
Se não é, o amigo Yé
E os dois olharam por todos
Nilma, Gota, Joana
E talvez, Eloi

Que não queria sofrer
Só queria querer
O amor, sem dor, sem medo
Sem segredo
E caminhar
Caminhar, andar, sonhar
E falar de amor
No caminho
Com carinho, pelas palavras
Que salva, o sonho
Eloi, o menino que sorrindo,
Andou, voltou, amou
E ficou à beira da estrada
À espera do seu amor
Que demorou, mas chegou

Toda família mineira é desorganizada, não é o modelo de família baseado nos moldes funcionais, com referência. São pessoas sofridas que sempre foram agredidas pelas dificuldades da vida, que sobrevivem no parto solitário de uma mãe guerreira e brava, como um animal qualquer cujo nascimento já é um ato de glória, e a sobrevida é uma loteria que elege apenas os fortes e cria marcas que o mineiro do Jequitinhonha leva para o resto de sua vida.

Mas os anos dourados com Brasil campeão do mundo, que permitiu que todos os brasileiros sonhassem com uma terra de oportunidades e em pleno governo corajoso e com a democracia – temporariamente, porque é impossível assassiná-la definitivamente, a democracia é imortal (a democracia é o pior dos modelos de convivência humana, com exceção de todos os modelos que já passaram e que virão).

Naquele lugar com lamparina a querosene, para clarear apenas nossos passos nas noites escuras e compridas, não entendíamos absolutamente nada o que estava acontecendo e, também, não era nossa prioridade, pois só queríamos sobreviver. Não importava a cor do regime, mas se JK ainda estivesse governando e continuando para sempre, até a morte, esse era nosso desejo.

Em 1964, dia 31 de março, explode o Golpe, acabam os partidos políticos, terminam as eleições. Tudo seria decidido dentro dos quartéis, os generais seriam, a partir daquele momento, os donos do poder, o que duraria até 1985, uma geração. Os 21 anos de sonhos perdidos e que eu tinha a infelicidade de viver a maioria da minha vida de adolescente e jovem preso à castração ideológica.

Mas naquela roça, naquela vida sofrida, não interessava a cor do regime, nem sabíamos que, a partir de

Café, suor e lágrimas

31 de março de 1964, o presidente seria um cearense baixinho, sem pescoço, chamado Castelo Branco. Na ordem golpista, seria o primeiro presidente, seguido depois por Costa e Silva, Emílio Médici, Geisel e, por fim, o pior de todos, João Figueiredo. Assim, esses generais completaram o ciclo do Golpe.

Nesse período, precisamente em 1962, pouco antes do Golpe, nós tínhamos o maior time de futebol que o mundo conheceu, formado por Gilmar, Pelé, Zito, Pepe e companhia, os quais encantaram o mundo sendo bicampeões mundiais de clubes e se consagrando como um dos maiores times da história do futebol mundial. Em torno deste time, Santos Futebol Clube ficou conhecido mundialmente. Contavam que até guerras foram interrompidas na África para que as nações envolvidas nos conflitos pudessem assistir ao Santos de Pelé.

Justamente em 1962, Brasil se tornou bicampeão mundial no Chile, com praticamente o mesmo time campeão de 1958, apenas Zózimo no lugar de Orlando, Mauro no lugar de Bellini e Amarildo no lugar de Pelé, por causa de uma contusão.

O melhor jogador daquela copa foi Garrincha, que brincou de jogar futebol, fazendo gol de cabeça, de falta e infernizando as defesas adversárias. Desta Copa, me lembro muito, ouvimos todos os jogos no nosso rádio comunitário, vibrávamos com cada gol. A festa final da vitória foi realizada no Estádio Nacional de Santiago, onde anos mais tarde serviria de prisão para os combatentes de uma das ditaduras mais cruéis que tivemos no nosso continente.

O futebol sempre foi usado como forma de iludir o povo e desviar dos reais problemas. Foi uma marca durante o período do Golpe, inclusive mais tarde, na Argentina, em que tivemos o regime autoritário mais sanguinário desse período.

Noroeste do Paraná, ano de 1964, eu estava com 13 anos, escola nem pensar, analfabeto quase que completo, vida dura, sonhos difíceis, o futuro somente Deus poderia dizer o que aconteceria com nossas vidas, o que estaria reservado para cada um de nós, o que seria de mim, aquele menino descalço, quieto e sonhador. É, somente Deus poderia prever o que seria dos nossos destinos.

Mas sonhar é preciso
Viver também é preciso
Amar também é preciso
Sorrir apenas um sorriso

A missa aos domingos, ou melhor, uma vez por mês, era o nosso principal passeio. A igreja ficava a uns 10

Café, suor e lágrimas

km da cidade, sempre íamos a pé ou de carroça. A pé ou de qualquer jeito era um momento de extrema alegria, principalmente porque, após a interminável missa, minha mãe nos dava algum dinheiro para comprar um pão ou um doce.

A vida quase que continuava após a derrubada da mata. Plantávamos o café e, enquanto ele crescia, plantávamos outras culturas para sobreviver. Mas as esperanças estavam mesmo no ouro preto, que desde a chegada de Minas fora a nossa obsessão.

O tempo passava e, com ele, algumas oportunidades de mudar de vida, ou pelo menos escolher ou mudar o nosso destino. Já estávamos em pleno Golpe Militar, Castelo Branco Presidente, o nosso rádio que só aprendera a tocar músicas sertanejas começava a tocar outras músicas que, sinceramente, nunca gostei e não gosto até hoje, que as pessoas da cidade chamavam de Jovem Guarda, tendo como principal cantor um jovem chamado Roberto Carlos que, lá na roça, nós nunca aprendemos a gostar. Continuávamos fiéis às músicas de raízes, como Tonico e Tinoco, Liu e Léu, Zico e Zeca e outros.

Veio a Copa de 1966, na Inglaterra, Brasil um time envelhecido, com mais jogadores remanescentes de 1958 e 1962. A preparação foi um exagero de desorganização, foram convocados mais de 60 jogadores, e próximo da estreia na Copa não tínhamos o time definido, o que nos levou ao fracasso. Não passamos para as quartas de finais, fomos eliminados pela Hungria, na primeira fase, por 3 a 1; depois, derrotados em 3 a 1 por Portugal, com seu time inesquecível comandado por Eusébio, um dos maiores jogadores daquela Copa, na qual tínhamos, além de tudo, a perda de Pelé eliminado durante a partida.

Acompanhei todos os jogos pelo rádio porque, nessa época, eu tinha saído da roça contra a vontade da minha mãe e incentivado por meu pai: fui morar com uma família na cidade, trabalhar à noite em um bar e, durante o dia, em uma bicicletaria. Consegui começar a fazer o primário apenas nos meus 15 anos, mas era um sonho novo, fora da minha casa de madeira, do nosso fogão de barro, dos cafezais, numa casa estranha de pessoas estranhas, que me acolheram e me ensinaram várias coisas que lá na roça não teria oportunidade de aprender.

Aos amados Geraldo e Joana, que hoje não tenho nenhuma dúvida que estão confortavelmente no céu. Ele, tomando seu vinho Campo Largo, e ela, com seu terço; a minha eterna gratidão. Meus amados que me amaram como se filho fosse, a minha eterna lembrança, meu amor eterno. E a seu filho, Leonardo, meu primeiro patrão, que, como o regime americano, me pagava por semana (*week pay*). Ele me ajudou na transição da roça para a cidade. Por menos que fosse, a você, primeiro patrão, a minha gratidão eterna e meu amor com saudade.

5

MEU PAI GENTIL

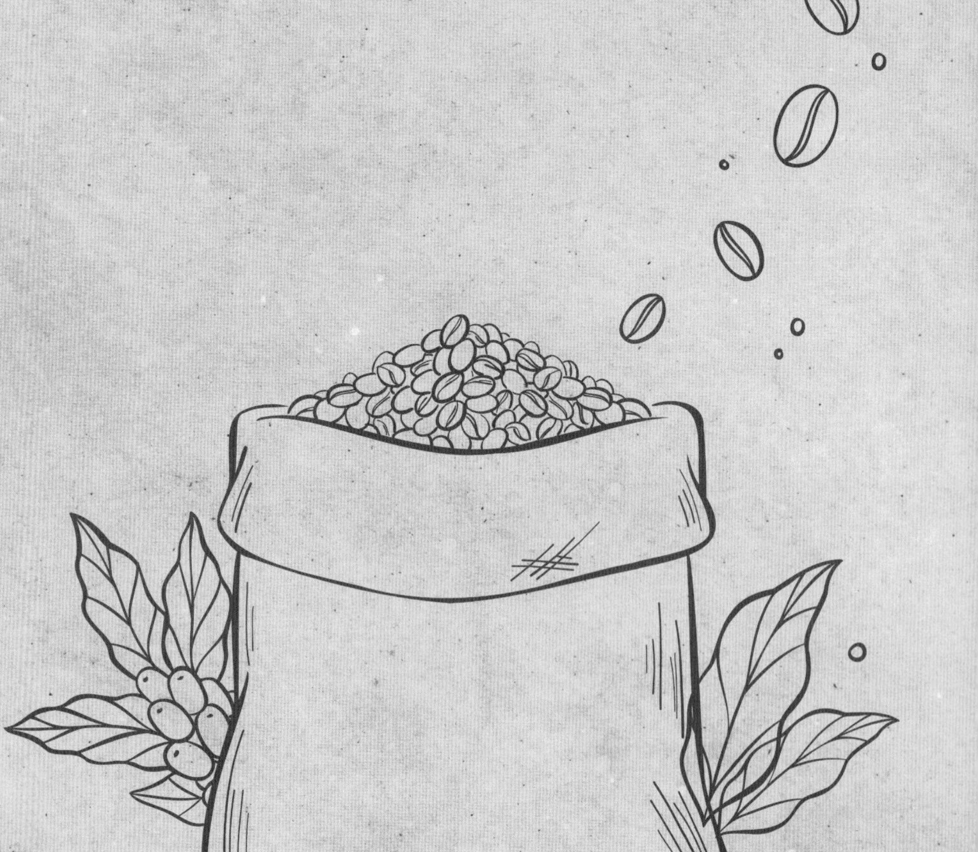

"Minas é montanha, dizia o poeta. Montanhas, o espaço erguido, a constante emergência, a verticalidade esconsa, o esforço estático, a suspensa região que se escala"*. A linguagem do escritor acidentada e sinuosa como se fosse um país. Ele fala dos vales escorregadios e andantes belos rios nas linhas das cumeeiras, na aeroplanície e nos cumos profundamente altos, azuis que já estão nos sonhos, a teoria dessas paisagens.

Minas é Brasil em ponto de dentro. Brasil conteúdo, a raiz do assunto. O caráter mineiro dá o que falar, o mineiro tem gesto tímido e curto, o perfil anguloso,

---

* Trecho da prosa poética do grande escritor Guimarães Rosa, citado pelo Desembargador José Arthur de Carvalho Pereira Filho, presidente do Tribunal de Justiça de Minas Gerais, Dia de Minas Gerais, enaltecendo a pluralidade, a beleza geográfica e a riqueza cultural e histórica deste estado.

o temperamento sóbrio e acanhado, o olhar amorteci-
do, modos discretos e econômicos, um aperto de mão
reticente, ausência de exuberância e mais ossos do que
carne. O mineiro, via de regra, é surdo contumaz, ouve
só o que lhe é conveniente, fala só quando lhe convém.

Meu pai era capaz de não falar nada, não responder a
nada, e ainda não perguntar nada, também nunca discor-
dar de nada. Era totalmente analfabeto, muito discreto, se
orgulhava de sua força de trabalho e inteligência, gostava
de chamar todas as pessoas bem afeiçoadas de doutor ou
doutora. Era mineiro demais, sempre de forma linear, era
mineiro linearmente, tinha uma dor escondida no coração
que nunca revelou, mas que depois de algum tempo descobri que era a saudade de suas Minas, de sua Rubelita do Rio
Salinas e das tropas, dos amigos que não mais o ouviam no
meio do cafezal, que corrompia sua beleza e trazia alguma
tristeza escondida em sua alma, que ele não dividia com
ninguém. E só após alguns goles de cachaça na venda mais
próxima, ele se soltava com brincadeiras e alguns momentos com tanta alegria que nós suspeitávamos que tinha algo
errado. Mas era provável que estivesse muito feliz, apesar
da distância de suas Gerais.

Na fazenda, ele era muito respeitado como um dos mais
importantes colonos, um leão para trabalhar, honesto além
do necessário, admirado por todos os mineiros colonos e,

principalmente, pelo patrão. Meu pai era um homem rude, simples, analfabeto, mas com inteligência acima da média, bondoso, cuidadoso e compreensivo.

Em plena década de 50, nunca foi capaz de castigar um filho, prática que era comum naquela época, inclusive nos dias atuais. Ele falava pouco e este pouco era o bastante para os filhos entenderem e lhe obedecerem. E tinha seu ídolo, JK, que era nosso presidente, era nosso orgulho. Lembro-me de uma das poucas vezes que ele foi duro comigo, quando por dificuldade de pronunciar Juscelino Kubitschek, eu, brincando com meus irmãos, disse "este Juscelino 'cu de jegue'". Meu pai ficou uma fera e quase me bateu. Juscelino era um Deus, era mineiro, nosso conterrâneo, nosso vizinho, nosso amigo, essa era a visão não somente de meus pais, mas de todos os mineiros da Fazenda Santo Antônio.

Assim, nossa vida continuava como a calda mansa do pequeno rio que viajava em direção ao rio maior, na esperança de um dia poder ser tão maior que o mar ou pelo menos igual. Quanto à esperança que o destino nos preparava, enquanto não acontecia, nós sorríamos de alegria com aquela vida que o nosso Deus nos presenteou e que, na nossa mineirice, era quase tudo que desejávamos.

Natal era uma data muito especial. Nunca comparável ao dia de São João, mas era especial, principalmente para nós, pequenos, porque era um dos únicos dias do ano que tomávamos um guaraná e ganhávamos algum tipo de doce. Minha mãe nunca se esquecia de montar um pequeno presépio, artesanal, mas que ficava muito bonito. A noite anterior ao Natal era como qualquer outra noite, sem festas ou comemorações. Apenas no dia seguinte que ela fazia um grande almoço para toda a família e sempre tínhamos convidados, que eram amigos mineiros de outras fazendas, mas da mesma região de Minas que, como nós, batalhavam nos cafezais longe de sua terra.

A vida demorou a sorrir para nós. Falando dessa data do Natal, lembro que muitos anos depois, já morando em São Paulo, e com as mesmas dificuldades que sempre nos acompanharam, passamos alguns Natais com pouco sorriso e nenhum presente, apenas com a alma e o sonho de um dia, talvez, melhorar.

Natal, dia de São João, dia do término da colheita e dia da Folia dos Reis eram os mais importantes, as datas de aniversários passavam no esquecimento, nunca me lembro de ter comemorado qualquer data de aniversário. Até porque os mineiros não sabiam exatamente o dia de seus aniversários, porque sempre registravam ou batizavam em datas bem diferentes do nascimento.

Ser mineiro não é fácil, tem muitos requisitos. Um dia, me lembro muito bem, estava com meu pai e encontramos um amigo dele, não se viam há muito tempo. Se cumprimentaram, se abraçaram e meu pai disse: "Como você 'diferençô'". Ficaram por horas lembrando dos amigos e parentes, pois para os mineiros todos são parentes ou quase.

Lembro-me das perguntas: como estavam tais famílias, meu pai perguntou como estava o tio Zé de Joana e Maria de João, Erminio de Zefa, Abílio de Lia. Era assim que os mineiros se referiam aos amigos, hoje percebo que não eram muito machistas, porque sempre se referiam às mulheres como donas de seus maridos (João de Maria, Abílio de Lia, Nita de Gentil etc.).

Meu pai tinha 1,89 m de altura, minha mãe 1,50 m, mas ela sempre foi a primeira voz, tinha muita influência pela inteligência e personalidade nas decisões da família. Sempre foi a pequena gigante mulher que produzia o milagre dos ovos quando chegamos a São Paulo depois das andanças pelos cafezais e fazendas da vida.

Chegamos a São Paulo, no bairro São Miguel, toda a família – única exceção fui eu que fiquei mais algum tempo no Paraná. Todos vieram com toda a mudança numa Kombi do nosso amigo, Brás. Eu não estava, mas sei como foi a viagem do noroeste do Paraná numa Kombi.

Imagino que foi dolorido para meus pais, principalmente para meu pai, mineiro reto, orgulhoso, sair da terra, do plantio, para uma cidade grande como São

Paulo, humana e desumana com os migrantes. O sofrimento em seus corações, não tenho dúvida de que uma das causas da morte prematura do meu pai foi a tristeza. Ele não entendia nada que estava acontecendo, chorava sem lágrimas todos os dias.

Logo depois, eu cheguei e me juntei a todos, ajudando-os a alimentar e diminuir as dificuldades, trabalhando em qualquer tipo de serviço, de conserto de bicicletas a ajudante de pedreiro. Não interessava o tipo de trabalho, o que era importante naquele momento era ajudar a família a sobreviver.

Morávamos em seis pessoas num quarto e cozinha, banheiro não existia, muito menos luz e asfalto. Era uma vida dura, o meu maior sentimento era por meus pais, principalmente meu pai, que toda sua vida acordou às 5 horas, tomou seu café preto, pitou o cigarro de palha, foi para a roça e voltou à tarde para jantar, cansado. Ia dormir muito cedo e, agora em um mundo absurdamente diferente, analfabeto, sem trabalho, dependendo dos filhos, imagino o quanto ele sofreu.

Que nosso bondoso Deus o tenha hoje, que ele entenda que só queríamos sobreviver e que sua Nita de Rubelita, já completando 101 anos, ainda saudável, contadora de histórias, continuou fiel desde sua partida precoce, aos 65 anos. Ela tem lembrado seus aniversários, pois como bom mineiro, tinha mais que uma data, uma do batismo e outra de cartório.

Hoje, nos almoços de domingo quase obrigatórios, ouvimos histórias do amado Gentil. Portanto, amado pai, seu nome é sempre lembrado com muito carinho e saudade, seus netos e bisnetos ficam curiosos em conhecer quem foi o avô ou bisavô Gentil. Saiba, amado pai, que todos os dias, sem exceção, eu lhe peço ajuda e sempre tenho recebido, principalmente nos momentos de dificuldades. Cada dia meu amor por você só aumenta.

Lilian, Pedro e Clara já o conhecem muito, porque sempre estamos recordando e celebrando o nosso amor e gratidão, sempre pedindo perdão pelo que deixei de fazer por você. Só me resta atenuar a minha dor sabendo que fiz o que sabia e que estava ao meu alcance. Peço bênção e seu perdão.

6
FUTEBOL: UM APRENDIZADO

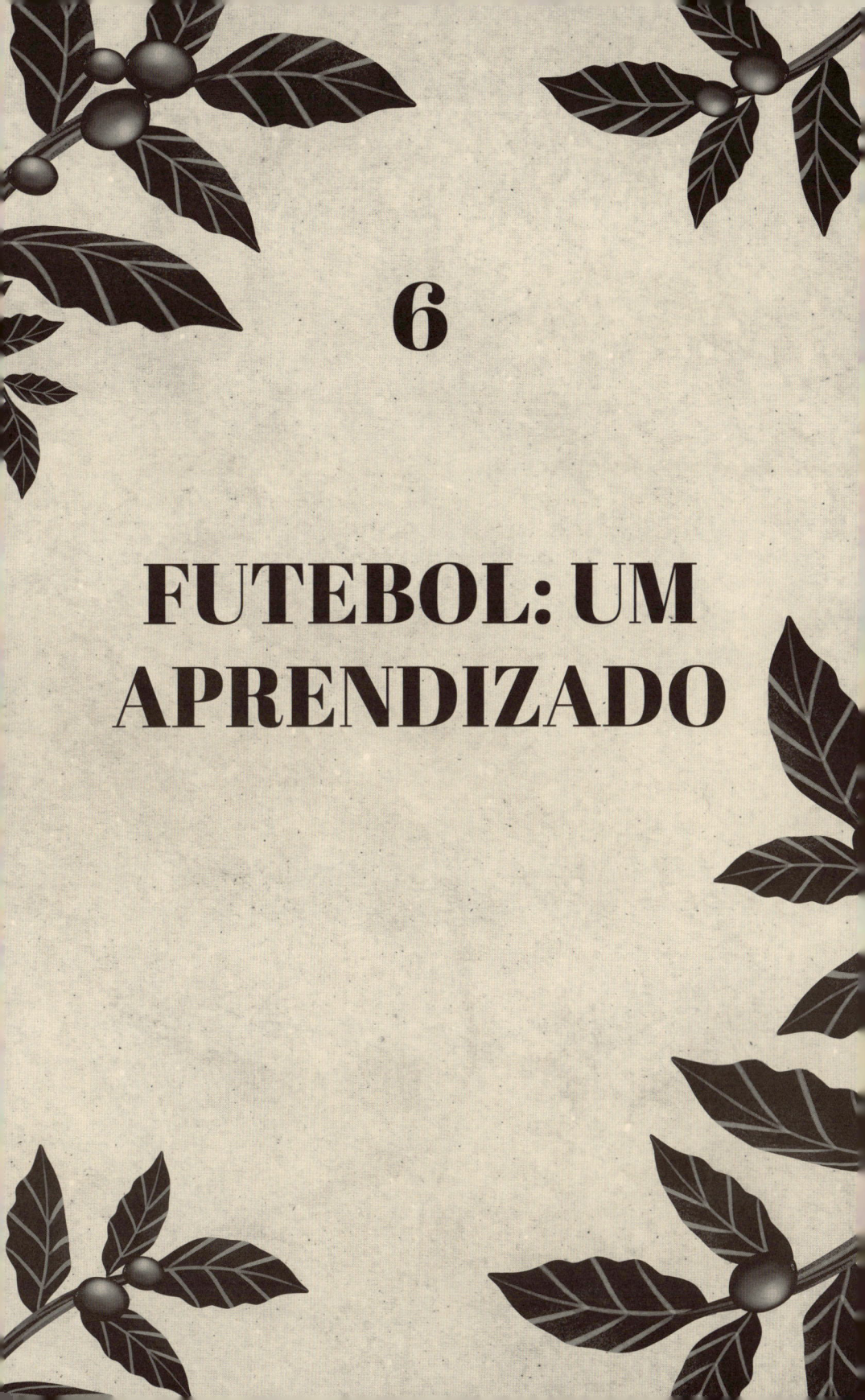

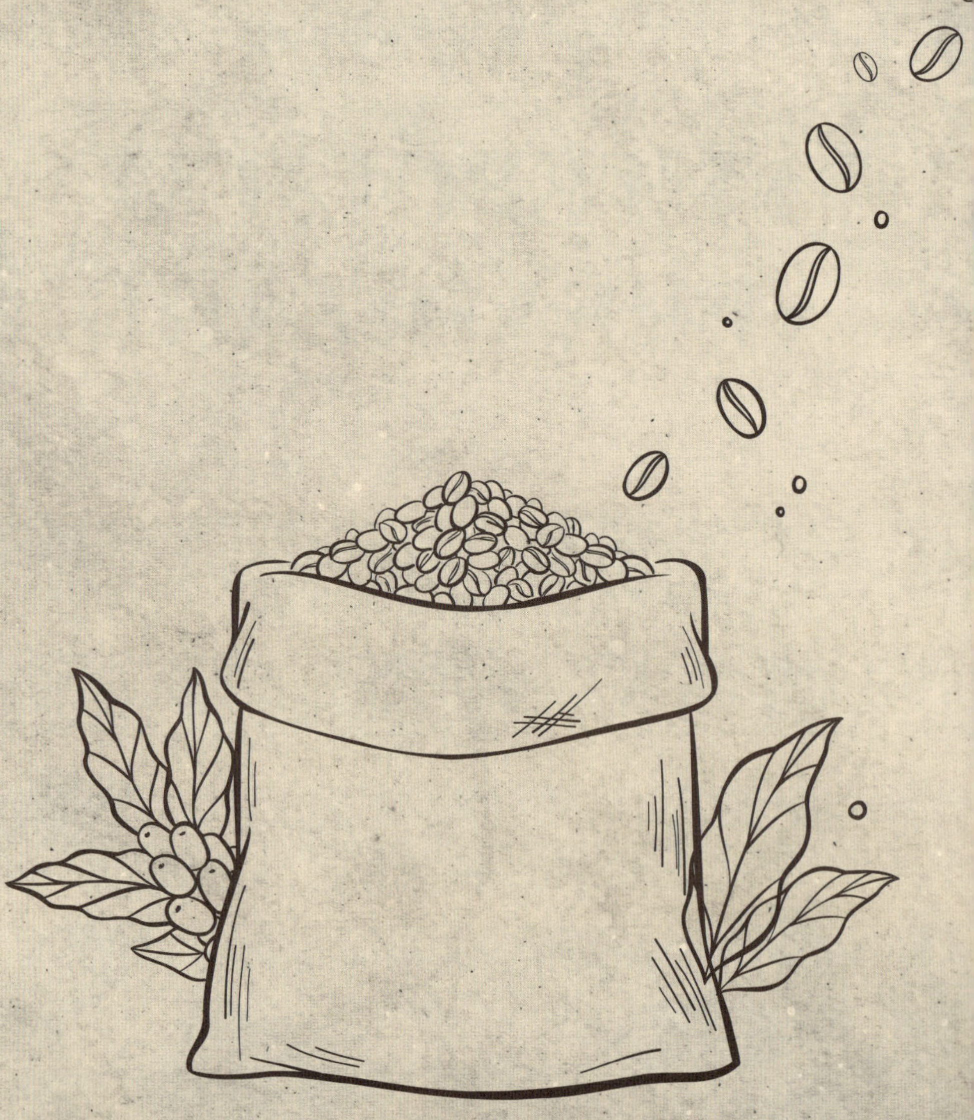

6

O time saiu desacreditado do país. Depois dos fracassos de 1950, no Brasil, e de 1954, na Suíça, em 1958, os titulares Dida e Joel foram substituídos no terceiro jogo por Pelé e Garrincha, que ainda eram reservas. Naquela Copa do Mundo, além de serem considerados os maiores jogadores, Pelé ainda foi condecorado como Rei do Futebol.

Para nós, colonos, o futebol, a missa e o baile no sábado à noite (para os adultos) eram a razão e os motivos que nos faziam viver e suportar a difícil vida nos cafezais. Só depois de muito tempo, descobri que, no ano de 1958, Brasil viveu um dos períodos mais férteis de sua história moderna na política, o início da era JK, na música, a Bossa Nova, o cinema novo, e a descoberta de um novo país, mais alegre e confiante na nova democracia que nascia com esperança de ficar e prosperar.

Na fazenda, o trabalho era muito duro, de sol a sol, como costumavam dizer os colonos, mas os sonhos eram maiores do que qualquer sofrimento. Até porque os sonhos não eram tão ambiciosos, era apenas desejar sobreviver e um dia voltar às suas Minas Gerais, dizendo e mostrando aos conterrâneos que estava tudo bem por aqui, até porque todo mineiro é muito orgulhoso.

Muitas vezes, o orgulho vale mais que sua vontade, como dizia Guimarães Rosa: "O sapo não pula por boniteza, mas sim por precisão". Pedro Nava dizia que "ninguém é mineiro impunemente" e "o silêncio do mineiro só é quebrado com outro silêncio". Naquela fazenda, em que 90% éramos mineiros, imagine quantas conspirações eram produzidas em silêncio, pois existe um ditado que diz que "onde há mais que dois mineiros, inicia-se uma conspiração e, mais de 10, uma insurreição".

A máxima de que "o mineiro só é solidário no câncer" não é verdade. Recordo muito bem da minha molequice, aos 8 anos, o quanto nós éramos unidos tanto na tristeza como na alegria. O cafezal era testemunha dessa vida sofrida e feliz dentro das possibilidades que os sonhos permitiam.

No futebol, o Brasil foi campeão invicto, ganhando da Suécia na final por 5 a 2. Paulo Machado de Carvalho foi o Marechal da vitória; Vicente Feola, técnico do São Paulo, se tornaria campeão do mundo, voltando ao Brasil pelas asas da Panair, consagrados como heróis eternos para minha infância e para o resto da minha vida – nunca mais esqueci.

Para nós, colonos, que trabalhávamos de segunda a sábado até meio-dia, sobrando a tarde para as compras, os banhos de cachoeira, e o domingo para a missa, o futebol sempre teve uma importância muito grande. Os jogos entre as fazendas, as peladas nos campos improvisados, e os jogos dos grandes times de São Paulo e Rio de Janeiro que ouvíamos pelo rádio, principalmente em épocas de Copa do Mundo, quando nos reuníamos em torno do rádio de marca Semp para ouvir os jogos do Brasil, era um momento de festa e alegria poder ouvir simultaneamente enquanto estavam jogando.

Eu, quando menino, já tinha no futebol uma referência cultural, uma forma competitiva de viver, e uma alternativa de amizade e sobrevivência. Essa prática de vida nós levávamos para o dia a dia, as dificuldades todas que tínhamos ficavam mais leves e toleráveis, tínhamos motivação para trabalharmos duro durante a semana, e para, no fim de semana, irmos à missa e assistir ao futebol.

Nessa época, a vida política era complicadíssima, nosso eterno presidente JK foi embora, sendo eleito um maluco chamado Jânio Quadros, que renunciou e seu vice, João Goulart, assumiu, com propósito socialista, a bandeira da época. Cuba com Fidel, tendo Che Guevara como ícone da revolução; a União Soviética como centro mundial do socialismo além do Leste Europeu, sem contar com a China de Mao, o que nos colocava em difícil situação dada a grande ingerência americana em nosso continente.

A transição Jânio para Jango foi muito traumática. Jango, assim que aportou no poder, trouxe pensamentos e ideologia socialista, o que incomodava tanto os americanos como as forças armadas. Por volta de 1963, mesmo naquele lugar distante até mesmo de Deus, onde nada se lia, não tínhamos escolas, não tínhamos saúde, só tínhamos a vontade e a sorte de sobreviver, mesmo naquela distância os sonhos nunca se desfizeram.

Certo dia, alguém nos falou sobre a reforma agrária, disse que o governo nos daria terras para sermos donos. A notícia corria entre as águas – os sítios eram divididos por pequenos rios, por isso eram chamadas as divisas de águas – que nós seríamos patrões e não mais seríamos empregados.

Eu me lembro do Orlando percorrendo todas as casas convidando os agricultores para comparecer na reunião que haveria em tal lugar, para discutirmos o que todos nós sonhávamos: a terra própria. Ser dono, plantar o que quiser, colher e ser proprietário da própria colheita.

Nessa época, já beirando o Golpe de 31 de março de 1964, a situação política estava fervendo nos grandes centros. Jango sendo deposto e exilado no Uruguai, tanques nas ruas das grandes cidades, as tropas se mobilizando a partir de Minas com o governador Magalhães Pinto, e forças de outros estados chegando ao Rio de Janeiro, São Paulo, Porto Alegre e, principalmente, na capital Brasília, onde, para tristeza da nação, era temporariamente golpeada.

Esses fatos só tive conhecimento após alguns anos, porque na roça, todos analfabetos, não tínhamos qualquer informação sobre a vida política. A única coisa que sabíamos, até por dever de ofício de nossa mineirice, é que JK não era mais presidente.

Em outros capítulos, falarei dos generais que comandaram o país por mais de 20 anos, o que gerou um efeito cascata em toda América Latina. Regimes ditatoriais financiados e reconhecidos pelos Estados Unidos, como se toda a América Latina fosse uma colônia americana na cultura, música, nos hábitos culturais e econômicos, principalmente no cinema, na estética e na moda. Os americanos do norte pensavam como os donos do mundo, inclusive depois da vitória dos aliados na Segunda Grande Guerra, em que foram os líderes.

A partir da Segunda Guerra, o poderio americano se acentuou como maior potência econômica do planeta, investindo na Europa, Japão e em outras partes do mundo, e nós, latinos, nos tornamos um quintal deles. Todos os generais ditadores eram submissos à grande potência.

Acabaram os anos dourados com o Golpe, fim da democracia, fim das liberdades e fim de um sonho. Criou-se um projeto de país no qual os quartéis definiam o que queríamos e o que poderíamos sonhar. Uma elite burocrática dominante, uma classe empresarial oportunista vivendo de subsídios e reserva de mercado, em que apenas as multinacionais tinham planos de médio e longo prazo, mesmo com grande proteção da burocracia do poder central.

Hoje, depois de 40 anos do fim da Ditadura Militar, essas empresas que nasceram e cresceram sob os benefícios de um estado protetor, com raríssima exceção, já não existem mais. São poucas indústrias que ainda operam, poucas ou quase nenhuma loja de varejo, poucos bancos que sobreviveram. A Ditadura, além de ter criado esses falsos e enganosos empresários, não pensou na educação e na saúde, acabou com a cultura e as manifestações culturais, empobrecendo o conhecimento, criando uma elite preconceituosa e uma acentuada concentração de renda.

Nós, a população do campo, viemos para as grandes cidades em busca de empregos e sobrevivência. Expulsos do campo, onde não existia a menor possibilidade de sobrevivência. Além de causar uma ruptura nas nossas vidas, gerou muito sofrimento e saudade das nossas origens.

Na venda do Seu Antenor, as palhas do mesmo tamanho e corte eram preparadas com antecedência, tarefa que eu gostava muito de fazer. Buscava no paiol as espigas maiores e tirava a palha, as amaciava e cortava nos tamanhos certos e, ainda antes de colocar o fumo, meu pai sempre preparava, amaciando, passando os lábios e, finalmente, fazendo os cigarros de palha para a noite e, também, para o outro dia durante o trabalho.

Somente na colheita do café, o patrão tinha uma parte (50%). Após a colheita, os outros cultivos que produzíamos na entressafra, como milho, feijão, arroz etc., não tínhamos a obrigação de dividir, era para subsistência e o excedente vendíamos para comprar aquilo que não produzimos.

Além das plantações, criávamos porcos, galinhas e, no pasto coletivo da fazenda, gado somente para consumo. Também tínhamos os cavalos e burros, que eram o nosso meio de transporte. Os colonos, até por serem na maioria mineiros e nordestinos, eram muito unidos e solidários, desmentindo a frase que "mineiro só é solidário no câncer". O que víamos era uma grande família, até porque os problemas e as dificuldades eram os mesmos, assim todos procurávamos nos ajudar mutuamente.

Quando uma das famílias matava um porco, as outras recebiam um prato com um pedaço de carne. Quando uma fazia um bolo ou uma fornada de pão, todos recebiam um pedaço. Quando era a nossa vez, eu era o encarregado de levar de casa em casa, o que fazia com imensa alegria.

Esse costume era muito interessante. Como havia muitos colonos, nem todos participavam, mas os bons mineiros, principalmente, contribuíam. Assim, a probabilidade era que, nessas casas, sempre haveria carne, pão, bolo de milho etc. Foi uma forma inconsciente que os participantes encontravam de reduzir as dificuldades e cultivar as amizades, pois, assim como em momentos de festas, essa união se fortalecia.

As principais festas eram, por ordem, a de São João, São Pedro, dos Reis e Natal. A festa ou Folia dos Reis, como chamávamos, era um momento especial e esperado pelos colonos mineiros, que estavam longe das suas Minas Gerais, mas que ali construíam sua embaixada, território em que toda mineirice era permitida. Naqueles dias de festa era terminantemente proibido falar em tristeza ou lamentar qualquer coisa – isso era considerado blasfêmia – e nada poderia atrapalhar aqueles sonhos nem interromper a saudade daqueles corações mineiros e inteiros de desejos.

Depois de muitos anos, minha vida deu grandes saltos. Lembro muito daqueles dias na fazenda e hoje sei o quanto é difícil ser este mineiro raiz, tendo noção do sofrimento que existe, mas o amor pela vida é muito maior. É verdade, não tínhamos a menor consciência das coisas que aconteciam, só pensávamos em sermos felizes, até por obrigação de ofício de retirantes, longe da nossa terra, do requeijão, da cachaça boa. Por ignorância, ingenuidade ou qualquer outra coisa, nós éramos muito felizes, com as ofertas que a vida nos presenteava, ou pelo dia a dia, no trabalho, na esperança de vir um melhor momento, o que para nós, era uma obra de Deus, o que Ele nos desse seria o suficiente para gratidão e reconhecimento, com muito amor e agradecimento.

A cada festa de São João, íamos para a gleba quatro (gleba é uma região do município), na casa do compadre de meus pais, sr. Geraldo. Nos preparávamos, minha mãe costurava nossas roupas novas, saíamos à tarde a pé. Lembro que pureza de alegria, que pureza de felicidade, toda a família caminhando pelas trilhas de terras até chegar à casa de Seu Geraldo, onde estava montada a fogueira e as mesas cheias de comidas, na maioria comidas típicas das

Minas Gerais, como biscoito de polvilho, pão de queijo, requeijão, arroz tropeiro, um "cafezim" com leite, sem nunca faltar a cachacinha.

Depois do terço à beira da fogueira – o que era um terço interminável para as crianças – vinham as comidas. Só se viam sorrisos e alegria em todos os rostos, era uma bênção de Deus mineiro, do Deus que talvez gostasse de uma cachacinha ou de um biscoito de polvilho. Acho muito difícil, e quase impossível, que Ele não gostasse.

As famílias mineiras acreditavam, como ainda acreditamos, em Deus poderoso, enérgico e até um pouco cruel conosco, colonos. Em alguns anos, a chuva não vinha quando os cafezais mais precisavam, ou o calor forte na época da florada, mesmo assim sempre entendemos que eram os desígnios de Deus. Chorávamos, ficávamos tristes, rezávamos e pedíamos perdão ao nosso bondoso Deus pela nossa tristeza e, no próximo ano Ele, amado e caridoso, nos compensava com uma grande colheita. Era o prêmio pela nossa fé e resiliência.

Inconscientemente nós, colonos, criamos na fazenda uma sociedade alternativa, em que eram compartilhadas as experiências, as dificuldades, as vitórias e as derrotas. Sempre com pouco conflito, principalmente entre os mineiros, que eram a maioria. Era um modelo funcional que nasceu pelas circunstâncias, de forma impensada, em que eram todos por um e um por todos.

Havia sempre e constantemente uma sinergia muito forte entre as famílias, principalmente na doença e nas dificuldades. A religião – erámos 100% católicos – era um mantra que unia e estabelecia as regras cristãs de conduta. Eram mandamentos constituídos a partir dos costumes e necessidades de convivência harmônica que pudessem trazer paz e condições de sobrevivência.

Os mandamentos não eram escritos e eram muito práticos e simples:

1) Trabalho, trabalho, trabalho, e mais trabalho;

2) Ser mineiro sempre significa falar pouco e lutar muito;

3) Ser solidário principalmente nas dificuldades;

4) Abrir as portas e ajudar outro conterrâneo que chegasse para trabalhar na fazenda;

5) Nunca faltar nos terços, principalmente os organizados pelas filhas de Maria;

6) Nas casas escolhidas para o terço, era proibido faltar biscoito de polvilho, "cafezim" com leite e a sagrada e amada cachaça;

7) É dever de ofício do mineiro ouvir mais que falar;

8) Simplicidade, humildade, amor ao próximo, sem desanimar jamais;

9) Respeitar a natureza, amar os rios, os pássaros, os cafezais, a chuva e o frio; amar todas as estações do tempo e da vida.

Desculpe, amado Moisés, os nossos mandamentos são muito simples. Porém, talvez, você os aprovasse também.

Durante o período de chuvas, época das floradas, os cafezais ficavam muito lindos, verdes escuros com flores brancas, como véu da noiva ao entrar no altar, como um sonho que só a natureza poderia produzir. Tudo isso nos dava a certeza de que os frutos nasceriam e cresceriam, e nos dariam uma grande colheita e as esperanças se renovariam, como todos os anos. Todos nós, colonos, fazíamos planos de que, depois da colheita, melhoraríamos de vida, quem sabe compraríamos nossa terra em outros lugares mais baratos e distantes, e quem sabe visitaríamos Minas Gerais, mataríamos a saudade dos parentes e amigos que lá ficaram. Tomar banho no rio Salinas, tomar a cachaça de Salinas ou do alambique de Rubelita, descansar embaixo da sombra do pé histórico de tamarindo na praça do mercado de Rubelita, lembrar os anos que lá vivemos, contar tudo para os parentes e amigos sobre a nossa nova vida, dizer do nosso jeito que os amamos.

Mas quando chegava ao fim a colheita, entre débitos e créditos, não sobrava o tão sonhado dinheiro, e a viagem para nossa amada terra ficava para outro ano, e o sonho começava outra vez. Sem nunca perder a esperança, nunca vi meus pais reclamarem ou desistirem de sonhar. Como a saudade só aumentava, eles procuravam amenizar contando causos, relembrando com alegria a terra querida.

Juro em nome de Deus - o que é pecado jurar, mas assumo meu pecado e juro outra vez – que nós éramos muito felizes. O que significava ser feliz:

1) Tínhamos um trabalho na fazenda e o patrão nos protegia;
2) Éramos uma família pobre, mas solidária; uma mãe pequena na altura e grande de alma e coração que cuidava dos filhos;
3) Éramos queridos pelos colonos mineiros.

Cheiro de café e poesia

Cheiro de café moído
Cheiro de poesia, cheiro de dor

Eloizo G. A. Durães

Amor, passado, hoje
Amado sou para sempre
Sempre como a promessa
Sem pressa, apenas esperar
Bem ali perto do horizonte
Do monte verde, azul do céu
E assim irei ao seu encontro
Espero que esteja me esperando
Espero que seja apenas um encontro
Um sonho de saudade ao acordar
Um amor que somente Deus possa nos dar
Um amor da alma e do espírito.

Cheiro de amor e café

Café, suor, dor, lágrima
O sabor do amor do café
Ao amanhecer o dia não seria sem o amado café
A fé, a energia da sua cor
A cor do dia e da noite
A luta e o trabalho nas colheitas
O sorriso e a alegria a cada dia
O cansaço ao chegar à tarde
Mais um dia o amor e a bênção de Deus
Todos os sonhos com um cafezinho quente

Café, suor e lágrimas

Que alenta e esquenta a alma
Que sustenta um destino incerto, mas justo
Enquanto a gente sonhava, o tempo não passava
Ficava esperando por nós
Lá no cafezal, todo verde, nos dias de chuvas
Branco como a neve nas floradas
Vermelhos com os frutos prontos para serem colhidos e amados
Somente café, suor e lágrimas
Que descem dos olhos e da alma
Nas lágrimas, no café e no suor do sol que desce do céu.

O trem sempre fez parte das nossas vidas, da saída de Rubelita, de Montes Claros para Belo Horizonte também viemos por este meio de transporte. Minha mãe conta que estávamos na estação esperando o trem, com todos os filhos pequenos, muitas sacolas e trouxas. Quando, enfim, apareceu, meu pai disse: "Anita, pega *os trem* porque o troço tá vindo lá".

Depois, chegando a Alta Paulista, o trem continuou sendo o nosso meio de transporte, até porque as estradas eram precárias e os ônibus – ou jardineiras, como falavam na época – estavam iniciando. Eu, particularmente, tenho uma paixão e uma verdadeira adoração pelo trem, tenho histórias e lembranças de menino que me recordo até hoje.

Deveria ter nova ou dez anos quando minha mãe prometeu que compraria o primeiro par de sapatos e a receita para isso seria a venda de vários frangos que criávamos no nosso quintal. Na época, não existiam lá na região os frangos de granja; os frangos caipiras eram bem procurados, e os criávamos sempre para termos uma receita extra, porque os colonos só tinham a receita na colheita do café.

Lembro muito bem que, na noite anterior, pegamos os frangos, amarramos os pés com palha e, no outro dia, bem cedo, minha mãe e eu fomos a pé até Iacri, pegamos o trem para Parapuã, onde os frangos seriam vendidos de casa em casa. Depois, compraríamos o tão sonhado sapato.

Engraçado que, durante a viagem, os frangos que estavam amarrados e com os pés enfileirados em uma vara de bambu em cima do meu ombro e da minha mãe, pois tínhamos praticamente a mesma altura, apesar dos meus 10 anos, escaparam e começaram a pular no vagão. Eu acabei me desconcentrando e, numa curva, a vara caiu do meu ombro. Com a ajuda de outros passageiros, recolhemos todos e, chegando a Parapuã, conseguimos vender e comprar meu sonhado sapato preto com furinhos na parte de cima, o que foi um presente inesquecível. Só fui usá-lo na próxima festa de São João – minha mãe teve o cuidado de comprar com número maior para usar por mais tempo.

Café, suor e lágrimas

Antes da festa de São João, que é no dia 24 de junho, por coincidência aniversário da minha mãe, eu fiz a estreia do sapato na missa de domingo. Lembro que, como era um pouco distante, de 6 a 8 quilômetros de estrada de terra e areia, levei os sapatos no ombro, só calçando quando cheguei à igreja.

São lembranças da história das nossas vidas, que hoje, anos distantes, preciso sempre recordar que vivi esses momentos, e sempre sob a proteção de Deus, a quem sou eternamente grato pela sua bondade infinita. Fico imaginando por todos os trens que andei, por todos os lugares que passei, pelas alegrias que foram e são maiores que as tristezas. Preciso confessar que a vida e a sorte foram e são grandes parceiras.

Meu pai amado, um homem generoso, trabalhador ao extremo, honesto além dos limites, de pouquíssimas palavras, que se comunicava com os filhos com gestos e atitudes, fiel aos irmãos e amigos, tanto que, quando fomos para o noroeste do Paraná, o que tínhamos em valores daria para comprar terras, mas como ele tinha prometido para os irmãos que iria ajudá-los a preparar e cultivar as terras, foi o que fez.

Meu pai ajudou muito o irmão Abílio, abastecendo de mercadorias e dinheiro, como se as terras fossem dele, ajudou a derrubar a mata, fez o plantio de café, e tudo que veio de São Paulo ele investiu nas terras do irmão. Era inexplicável o desapego de meu pai, todo o capital que trouxe de São Paulo daria para comprar duas vezes as terras que meu tio, que veio antes adquiriu, mas meu pai preferiu ficar ao lado do irmão, ajudá-lo e ficar sempre próximo, o que é uma coisa de mineiro, família unida nas tristezas e nas alegrias, que eram poucas, mas sempre que Deus permitia um pouco de felicidade e alegria. Nós, mineiros, longe de nossa terra distante, mas boa, comemorávamos com tudo que tínhamos direito.

A nossa saída do interior de São Paulo para o Paraná foi uma decisão monocrática de meu pai, pois todos nós, inclusive minha mãe, não queríamos mudar, porque, a essa altura, tínhamos uma vida bem melhor. O patrão respeitava e adorava nossa família, não muito longe da fazenda já construíram uma escola estadual com ensino pré e primário, o que permitia a alfabetização dos filhos. Estou falando do ano de 1960, o estado de São Paulo era um país dentro de outro, já com ensino avançado, estradas, linhas férreas, hospitais e um nível de desenvolvimento acima da média.

Por que ir para o noroeste do Paraná, mata bruta, sem estradas, sem infraestrutura nenhuma, na área da saúde zero? Mas o espírito desbravador de meu pai queria estar perto do irmão Abílio, os sonhos de uma vida melhor falaram mais alto e, da noite para o dia, meu pai decidiu que iríamos embora; assim fomos, em um caminhão Chevrolet 1960 (Chevrolet Brasil).

Lembro muito como se fosse hoje a saída da fazenda, o caminhão chegando, era menino e recordo que começamos a carregar o caminhão com vários sacos de feijão, latas de carnes, milho, latas de banha de porco. Era uma mudança de nossas vidas, do interior de São Paulo para o mundo novo, distante, em um lugar que não sabíamos e não conhecíamos onde e quando chegaríamos.

Aquele caminhão parecia que nos levaria para um lugar longe e desconhecido, e sofreríamos, sorriríamos, mas não saberíamos o que iria acontecer. Era assim a vida dos migrantes atrás do café, da terra prometida, que somente Deus, amado Deus, poderia nos ajudar. A esperança e os sonhos de sermos felizes, ou pelo menos um pouco felizes.

Os mineiros eram – ou melhor, somos – fortes e felizes sem razão para sê-lo. Somos felizes por convicção ou ignorância, ou por não entender e não saber com exatidão o que é ser infeliz, não saber maltratar seu coração e sua alma. Assim é o mineiro sonhador, sofredor, perdedor, ganhador, apenas doador do amor, dos desejos e da vida. No cafezal, com suor e lágrimas, sonhos de sonhos melhores, esperanças para sempre.

7
O MILAGRE DOS OVOS

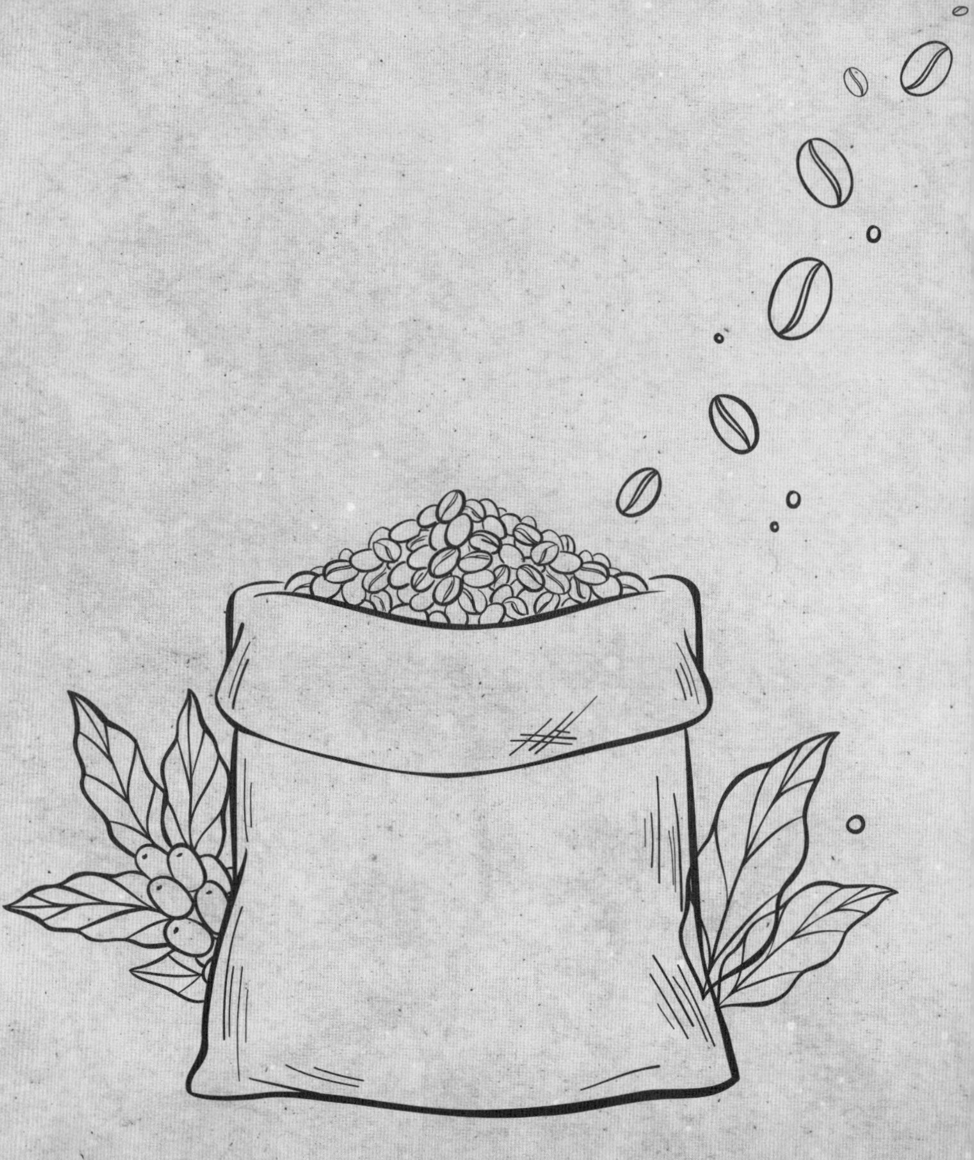

O milagre dos ovos acontecia mais no final do mês, porque, naquela época, o pagamento era feito a todos os trabalhadores operários até o dia 10 de cada mês. Quando recebíamos, fazíamos as compras do mês no mercadinho do sr. Ronan, pagávamos a dívida do mês anterior e formávamos uma nova. Quando chegava por volta do dia 25, já começava a faltar, e até o outro dia 10, valia a criatividade da minha mãe. Com quatro ovos e algumas verduras que tínhamos no quintal, ela fazia uma omelete para toda a família.

Eu trabalhava em uma fábrica de panelas chamada Alumínio Brilhante, na Rua da Mooca, bem em frente ao campo do Juventus. A partir do final do mês, a minha marmita só tinha arroz e feijão, mas era saborosa, feita com carinho pela Dona Nita.

Sr. Zambelli, que Deus o tenha em ótimo lugar, pois fez por merecer, era caridoso, bondoso ao extremo, e sempre que me via comendo somente arroz e feijão dividia um pedaço de carne. Sr. Zambelli, amado, querido, gerente geral da fábrica, era uma figura humana escolhida por Deus, de uma humildade franciscana, tratava os operários com respeito, sempre nos ensinando como produzir melhor, inclusive operando e consertando as máquinas quando apresentava algum problema.

Até hoje, tenho a imagem presente do sr. Zambelli, homem reto e simples, que ficou triste quando soube que eu iria embora, me desejou muita sorte e me deu um forte abraço, como um pai despedindo-se de seu filho. No intervalo do almoço, ele me chamava para conversarmos e falar de poesias e literatura. Escrevíamos juntos alguns textos sobre natureza, amor, saudade e, também, tristeza – os temas preferidos por nós.

Foi um tempo difícil, mas hoje sei que tinha que passar por ele, acordando às quatro da manhã para pegar dois ônibus até chegar à fábrica. À tarde, na volta, era muito mais difícil e, sinceramente, nunca me lembro de ter ficado triste ou revoltado, nunca perdi a fé em um Deus justo e bondoso. Eu tinha certeza de que, um dia, cedo ou tarde, a vida melhoraria, eu poderia estudar, terminar o Ginásio da época (hoje chamado de Ensino Fundamental), achar um emprego melhor, ajudar meus pais, fazer uma compra que pudesse durar o mês inteiro e ajudar meus irmãos a terem uma casa mais confortável. Desculpe a falta de modéstia, diria a Jó que – para seu poder de fé e resiliência, não desacreditando em seu Deus em nenhum momento, por mais difícil que fosse o momento – ele passou na prova que seu Deus lhe provocou e testou.

Nos tempos de dificuldades é que somos testados de verdade. Lembro, como se hoje fosse, dos dias que não tinha o dinheiro do ônibus, pois naquela época não tinha vale-transporte nem alimentação, mas sempre aparecia uma solução. Acredito e não tenho dúvida de que a fé é a energia mais poderosa que existe entre o céu e a terra. Não sei expressar o que significa ter fé, só sei praticar e que é um poder enorme, que conduz à esperança, acreditar que é possível acontecer o que nossos sonhos e pensamentos nos permitem realizar.

Tudo o que começa pela fé termina em milagre

Ter fé é poder andar sem olhar para trás
A fé que se materializa nas orações
O coração com fé não fica doente
O amor com fé não desiste
O sonho com fé não termina

A fé protege a alma
A fé nos permite acreditar no que não vemos e enxergamos
A fé permite aos cegos enxergarem
Sem fé, a vida fica triste e o coração chora
Só peço em minhas orações que a fé não me abandone
Pois é o sustento que alimenta a minha alma e meu espírito.

E foi uma profecia: as coisas foram acontecendo, e a minha fé, que já era grande, se fortalecia a cada dia. Orava muito, como faço até hoje, ia à missa todos os domingos, como faço até hoje, e nunca duvidei do poder da fé. A fé, como diria o grande poeta Gilberto Gil, "ela não costuma faiá". Se eu tivesse a oportunidade de dizer a Jó algumas das minhas experiências e aprender com sua sabedoria e seu aprendizado com a fé inabalável, lhe pediria que me ajudasse a entender o verdadeiro poder da fé.

Certo dia, pedi demissão da fábrica de alumínio sem saber para onde ir e sem coragem de falar em casa o porquê da decisão. Dentro do ônibus vermelho e branco da viação Itaquera, a meu lado estava sentado um rapaz negro, muito simpático, iniciamos um bate-papo e ele me disse que era encarregado do setor de uma construtora chamada Jubran. Ele disse que tinha vaga para ajudante e que garantia um salário que, contabilizando as horas extras, seria três vezes o que eu ganhava na fábrica. De pronto, lhe perguntei quando poderia começar. Ele me recomendou comparecer no outro dia com os documentos e procurá-lo na sede da construtora, e que eu poderia me considerar empregado.

No dia seguinte, cheio de alegria e emoção, acordei muito cedo, sem ter falado para minha mãe sobre a saída da fábrica. Fui à construtora e procurei pelo sr. Antônio (Toninho), que me recebeu e me encaminhou para o departamento pessoal. Depois de algumas horas, saí de lá empregado, voltando para casa cantando e sorrindo de felicidade.

Começava ali um novo tempo na minha vida: emprego novo, novos desafios; mas com tanto esforço e fé, o melhor aconteceria. Era um momento de crescimento exponencial da construção em São Paulo, erguiam-se prédios a cada hora, o que para nós era certeza de muito trabalho e condições melhores de sobrevivência. A nossa vida, que era muito difícil, melhoraria com meu novo emprego ganhando um bom salário, pois trabalhava de segunda a segunda, sendo as horas extras duas vezes o salário normal, apesar das mãos calejadas.

Com melhor salário, a primeira decisão foi construir um quarto a mais para meus pais, pois só tínhamos dois quartos para toda a família. Eu, especialmente, dormia na cozinha perto do fogão e minha querida mãe enrolava um pano na mangueira do gás para me proteger de qualquer vazamento. Assim, as coisas foram melhorando, até comprei uma televisão preto e branco da marca Eldorado, nas lojas Mappin, pagando em 24 prestações. Foi uma festa e uma conquista, pois todo sábado íamos à casa da Dona Cecília assistir *Os Trapalhões*, programa que ainda era na rede Tupi. Com a nossa TV, poderíamos assistir ao "repórter", como dizia meu pai se referindo aos telejornais. Um fato curioso é que, quando ele assistia ao *Jornal Nacional*, e o Cid Moreira dava o "boa-noite", ele respondia com outro boa-noite para o sr. Cid.

Era 1972, eu com 21 anos, já no terceiro ano do Ginásio. Hoje, nem imagino como era tão feliz, e de onde buscava tantas energias para alimentar a alma e o espírito, parecendo que tinha certeza de que a vida, a fé e o amado Deus estavam reservando dias melhores, que precisaria ter paciência, resiliência e acreditar na fé – a fé que não costuma "faiá" – e um Deus poderoso que sempre olhou e ainda olha por mim, me ajudando, me alimentando e me castigando quando fizer por merecer.

Como era lindo e prazeroso ver minha mãe e irmãs assistindo às novelas, após o *Jornal Nacional*, e meu pai respeitosamente dando boa noite para Cid Moreira. Após o jornal, vinha a novela *Selva de Pedra*, escrita por Janete Clair e tendo como atores principais Francisco Cuoco e Regina Duarte. Até hoje, minha mãe chama esses atores pelo nome dos personagens.

Café, suor e lágrimas

Assim, a vida perceptivelmente ia melhorando. Já comíamos melhor, já não faltava gás, apesar do fato de que nossa rua (Georgina de Sá Leite) não tinha luz, asfalto nem saneamento, o que veio acontecer anos depois graças à amada e única, prefeita Luiza Erundina, que nos permitiu andar na claridade, no asfalto, sem barro. Ela trouxe saúde e dignidade para nós e toda a rua.

8

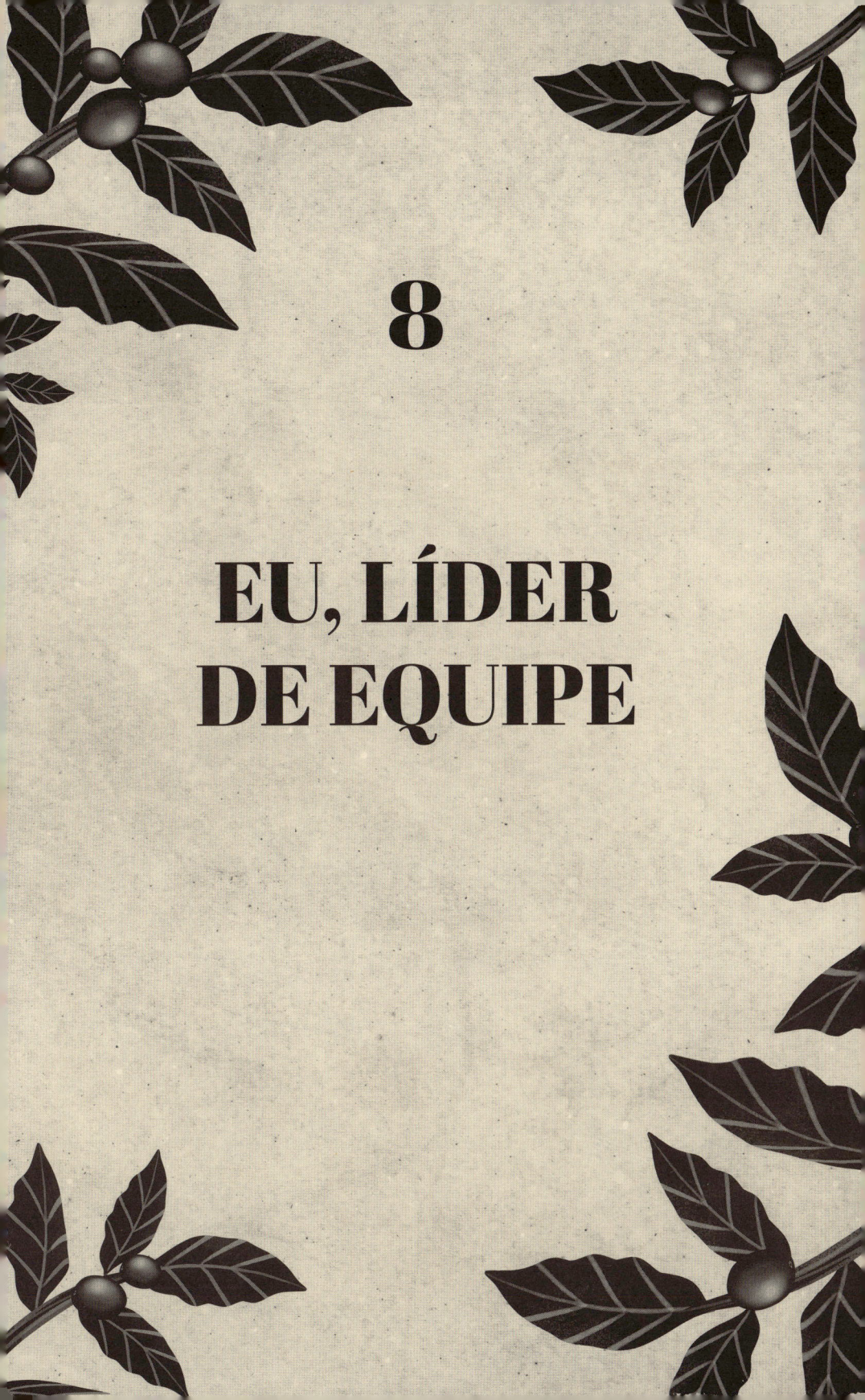

EU, LÍDER DE EQUIPE

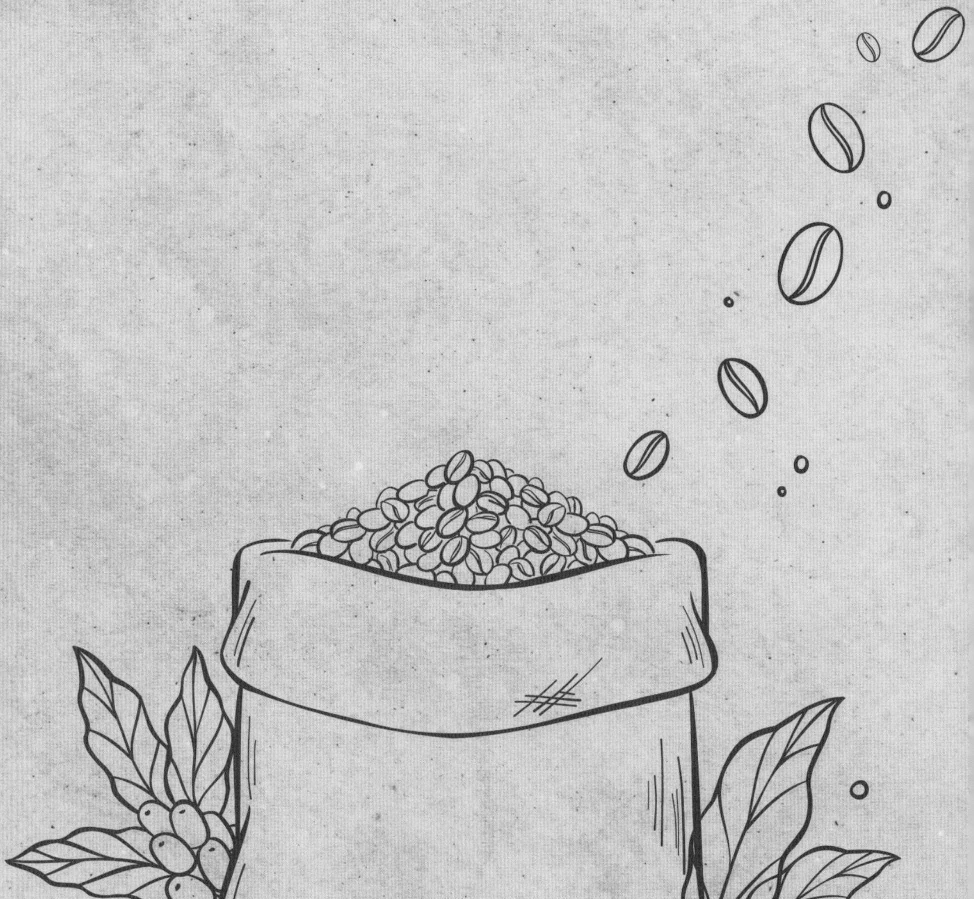

8

Eu trabalhava de segunda até sábado, às 12 horas, pegava três ônibus até chegar a São Miguel e andava mais três quilômetros a pé até nossa casa. O segundo ônibus parava no bairro do Limoeiro, onde eu descia para pegar o próximo, que passava a cada duas horas e que, se por sorte ele estivesse passado há algum tempo, a espera seria menor ou maior. Isso, para mim, era o menor dos problemas. Depois de uma semana de trabalho com diárias de 14 horas, voltar para casa, comer arroz com feijão e, talvez, o tutu mineiro, era o que mais importava, a demora do ônibus era apenas um detalhe.

Nessa parada chamada Limoeiro, dependendo do ônibus, eu ficava ali sentado por horas. Em frente, tinha um sobrado bem grande e um jardim com muitas flores e árvores, eu sempre via uma moça muito linda aguando as plantas e, não por acaso, trocávamos uns olhares.

Certo sábado, desembarquei e o próximo ônibus vinha só depois de duas horas, então fiquei ali sentado, pensando na minha vida. De repente, veio a moça linda em minha direção e me ofereceu um copo de água. Aceitei e perguntei seu nome, ela disse que se chamava Olívia. Perguntou meu nome, eu disse que era Eloizo; ela queria saber por que ficava ali todo sábado sentado na calçada esperando o ônibus. Respondi que trabalhava numa construtora e, apesar das mãos cheias de feridas, disse a ela que era líder de equipe. Uma simples mentira, até hoje não sei por que disse, mas o efeito foi o início de um namoro maravilhoso.

Nesse ano, no meu aniversário, ela me presenteou com uma camisa branca de linho e me levou para conhecer o pai, um libanês duro e avarento, e a mãe, Olívia também, espanhola, amada e querida na paz e na humildade.

Naquele final de ano, na construtora, o nosso chefe, Toninho (o mesmo do ônibus), nos convocou e perguntou a todos quem poderia trabalhar na semana, na véspera e no dia de Natal, na semana e no dia do Ano-Novo para fazer inventário em todas as unidades da construtora. De todos, somente eu e Nascimento concordamos em trabalhar, os outros tinham suas razões, eram nordestinos que queriam ver as famílias, que há muitos anos não viam, o que para nós que tínhamos nossa família em São Paulo era muito mais fácil.

Trabalhamos, então, na véspera de Natal, no Natal, na véspera de Ano-Novo e no Ano-Novo, só descansando no dia 2. Com muito esforço, fizemos todo o inventário e cumprimos nossa missão.

Não esqueço a nossa ceia de Natal, um delicioso sanduíche de mortadela com guaraná. No almoço, recebemos uma marmita da empresa que fornecia para os funcionários. Na véspera do Ano-Novo, repetimos o mesmo cardápio (arroz, feijão, bife ou carne moída). Não me lembro muito bem, mas acho que, além da mortadela, tinha uns pedaços de muçarela. A bebida foi um guaraná.

Na segunda semana de janeiro, em uma sexta-feira, fui chamado para a sala do dr. Eugênio, chefe do Toninho. Como nunca tinha falado com ele, achei estranho e fiquei apreensivo, imaginando o que estivesse acontecendo, mas o amigo Toninho me levou até a sala e disse para eu ficar tranquilo que era coisa boa. O que realmente aconteceu foi que ele me promoveu a líder de equipe na construtora. Foi um alívio pela história que eu havia contado para a querida Olívia.

No sábado seguinte, ao descer do ônibus no Limoeiro, em pouco tempo, ela apareceu, me chamou para entrar, o que fiz com amor e alegria, cumprimentei o pai e a mãe e saímos a pé para irmos ao cinema em São Miguel. Após o cinema, fomos à padaria, que existe até hoje, na esquina da Avenida Nordestina e Pires do Rio, comemos uma pizza com Coca-Cola, depois fomos a pé até sua casa. Contei tudo sobre a história do líder e pedi desculpas. Ela me beijou e disse que me admirava e que me amava muito.

São histórias de vida, sonhos de vida, sofrimentos de vida, vidas de vidas, arquivos de vidas, que um dia alguém ou ninguém, não importa, possa ler e não entender ou compreender que todos os sonhos realizados com fé, e muita fé, Deus estará sempre por perto, observando, julgando e protegendo todos os seus filhos.

Em São Miguel Paulista, aos domingos, eu ia à igreja matriz, onde fiz um curso de pedreiro patrocinado pela própria igreja todos os sábados à tarde. Estudava à noite no Ginásio, na escola Vila Sinhá, e a vida já estava bem melhor. Meu irmão, José Célio (Yé), trabalhava como cobrador de ônibus, meu irmão, Gothardo (Gota), trabalhava como guarda de banco, precisamente no banco Bandeirantes, na Avenida Ipiranga, bem perto da sede do São Paulo, onde Roberto Dias, Gerson, Toninho Guerreiro etc. iam receber seus salários. Minhas irmãs já trabalhavam nas indústrias Matarazzo e meu amado pai trabalhava na feira vendendo chapéus. Era o único vendedor de chapéu da cidade, e ele fazia com tanto amor e alegria. Uma vez, os guardas municipais (os rapas) apreenderam e levaram seus produtos. Minha mãe foi buscar e trouxe de volta.

Lembro como se fosse hoje que a vida começou a sorrir, e anos mais tarde levei meus pais (acompanhados de meus filhos) para rever suas Minas Gerais. Fomos a Rubelita, Salinas e Montes Claros, foi uma das viagens mais iluminadas da minha vida e a última com meu pai, pois anos depois adoeceu. Lutamos, fizemos tudo o que podíamos, mas Deus achou por bem que ele fosse embora para longe de nós, da sua Nita e das Minas Gerais.

Anos mais tarde, voltamos a Minas Gerais, eu, minha mãe, minha irmã Joana, minha amada Lilian e meus amados filhos, Clara e Pedro. Foi um sonho que teima em não terminar. Saímos de São Paulo, paramos em Belo Horizonte, fomos visitar nossa tia Fifa – nada a ver com futebol. Era a irmã mais velha da minha mãe, que morava em Belo Horizonte, que hoje está no céu. De lá, fomos para Teófilo Otoni, ver outra irmã, Sinha; depois, Montes Claros, para ver a terceira irmã, Messias, que também já está no céu; fomos a Salinas, Rubelita e Bom Jesus da Lapa, na Bahia.

Em Bom Jesus da Lapa, onde a igreja é numa gruta com energia forte e poderosa, fomos abençoados e abastecidos de amor e fé. A amada Lilian voltou outra pessoa, e até hoje ela me lembra com amor e carinho desta viagem, tendo Dona Nita como a personagem principal.

E assim tudo o que merecemos vai acontecendo, só nos resta agradecer e dizer "amém, Deus".

9

OUTRA VEZ
O FUTEBOL

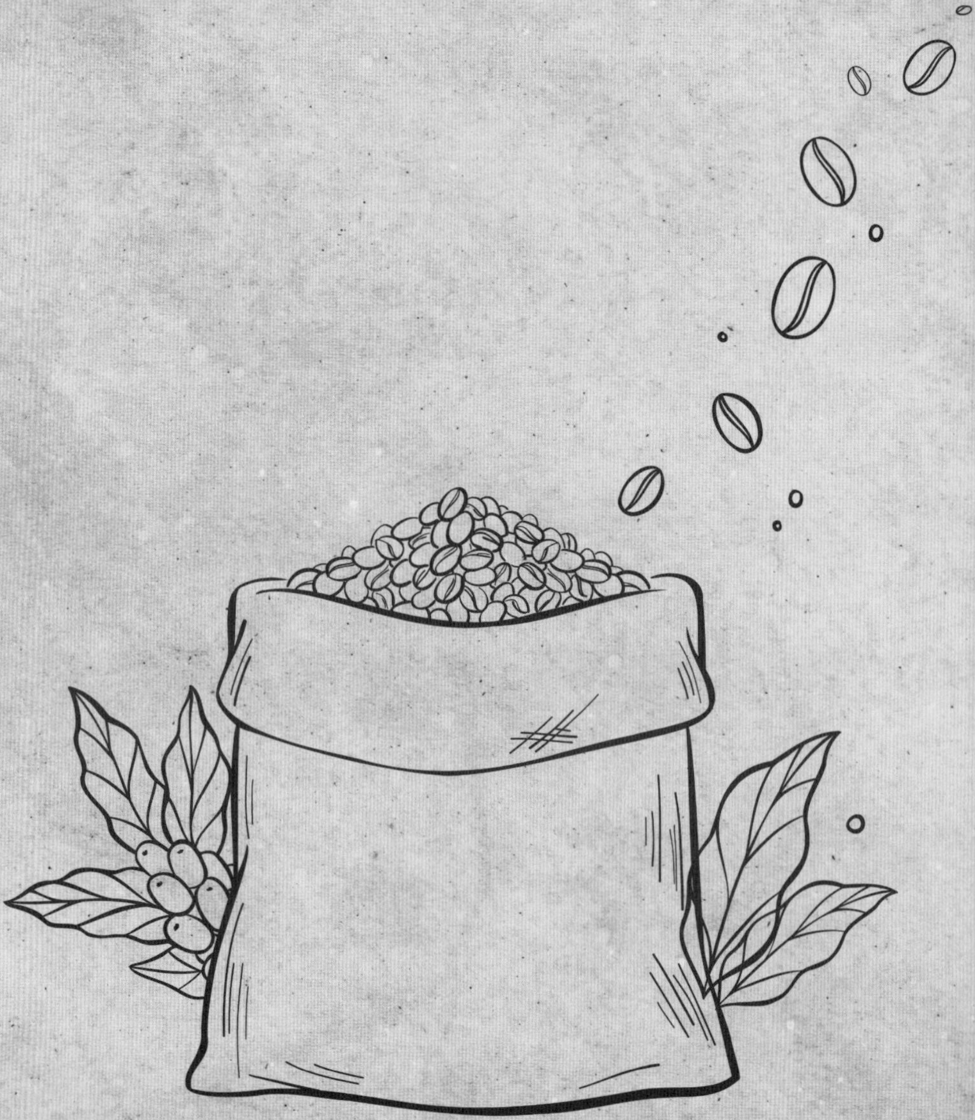

9

Futebol, amor, sofrimento, alegria, dor e cultura. O futebol faz parte, como cultura, da minha infância e de toda minha vida. Sempre estive ouvindo e aprendendo nos campos do jogo ou da vida, nas disputas entre as fazendas quando sempre terminava em brigas, nos jogos distantes do nosso controle e da nossa vontade. O nosso domingo tinha a missa como responsabilidade principal; depois, vinha o futebol.

Todas as fazendas tinham seu time de futebol, e os campos eram sempre improvisados no meio do pasto, com traves de madeira, sem redes, havia apenas uma bola, que, na época, era chamada de bola de capotão: era de couro, costurada, com câmara de borracha por dentro. Quando furava, precisava descosturar e remendar. Era comum acabar o jogo antes do término, por falta de bola.

Eloizo G. A. Durães

    Tinha muita rivalidade. Era comum alguns jogos terminarem em brigas. Era difícil conseguir um juiz para apitar, via de regra era sempre do time da casa, logo era quase impossível achar um juiz imparcial. Independentemente do resultado, era assunto para a semana inteira: os gols perdidos, o frango do goleiro, o pênalti roubado etc. Era o que movimentava as comunidades das fazendas.

    Dependendo da distância, o time ia a pé, de bicicleta, a cavalo, de carroça. Quando era mais distante, um dos donos do time tinha um caminhão Chevrolet 1953, verde e preto, o que para nós era motivo de festa e alegria chegar para jogar em cima de um caminhão. E a volta, quando ganhávamos, era uma festa na carroceria; todos cansados e famintos. Chegando em casa, a janta gostosa estava esperando, íamos dormir cedo, pois a segunda-feira brava já estava esperando. Sempre havia alguns que voltavam machucados, pois nem todos tinham chuteiras, que eram muito caras; sem poder comprar, jogavam descalços.

    O futebol faz parte da minha formação social e cultural, sempre me inspirei no esporte como forma de conduta de vida: saber perder e nunca desistir, saber ganhar e controlar a soberba. Sempre achei que o futebol imita a vida e nos mostra que é possível vencer e convencer. O futebol, como a vida, nos reserva algumas surpresas que, muitas vezes, não entendemos. No futebol, chamamos de zebra, mas no nosso dia a dia chamamos de desígnios de Deus.

Eu simplesmente amo futebol. Na minha infância e juventude, como todos da minha geração, idolatrava o Santos de Pelé, a maioria como eu era pelezista ou santista, como queira, mas eu sempre tive uma paixão contida pelo Palmeiras. Tanto que, na minha juventude, criei um time de garotos lá no noroeste do Paraná chamado Palmeirinha, o que atesta a minha fidelidade contida pelo verdão, apesar do amor pelo Santos de Pelé.

Eu era treinador, diretor, presidente e roupeiro. Este time era o meu amor verdadeiro, pois gastava tudo que ganhava trabalhando numa oficina de bicicleta para ajudar os garotos que não podiam comprar uma chuteira. Eu comprava as bolas para treinamento, as camisetas para o jogo, que chamávamos de *fardamento*, todas verde e branca, para provar a lealdade ao Palmeiras.

Esse time nasceu de uma aventura juvenil, mas o time cresceu, os atletas se tornaram juniores, sempre com a mesma formação. Lembro-me de alguns, como o Constante, Bráz, Cidão, Joãozinho, Zé Duque, Hélio, Zanine, Claudio, Ernesto e Feijão. Criamos uma escola com esses garotos, que mais tarde se tornaram homens, atletas de times amadores e admirados na cidade. Creio que, até hoje, os que viveram a geração ainda se lembram desse time que era amado e admirado pelos torcedores.

Eu, como criança, adolescente e jovem, vivi os melhores momentos do futebol brasileiro. Ouvi pelo rádio às Copas de 1958 na Suécia, 1962 no Chile, 1966 na Inglaterra e 1970 no México, todas pelos grandes locutores das rádios Nacional e Bandeirantes, como Edson Leite, Pedro Luis e Fiori Gigliotti.

Em 1958, eu tinha apenas oito anos e me lembro de alguns jogadores, principalmente na final, quando o Brasil ganhou dos donos da casa por 5 a 2, dois gols de Vavá Pernambucano, dois de Pelé e outro de Zagallo. A Suécia começou ganhando, fazendo gol aos quatro minutos com Liedholm. Aí vem aquela cena épica de Didi, que pega a bola dentro do gol de Gilmar, põe embaixo do braço e vai caminhando devagar até o centro do campo, conversando e incentivando os companheiros para a virada que veio em seguida. Didi, Zito e Nílton Santos eram os verdadeiros líderes, comandaram o Brasil no bicampeonato mundial no Chile, time que só teve algumas alterações, entrando Mauro no lugar de Bellini, Zózimo no lugar do Orlando e Amarildo no lugar do Pelé, que saiu machucado, e tendo Garrincha como o melhor jogador do Brasil e daquela Copa. Importante lembrar que o técnico de 1962 foi Aymoré Moreira, substituindo o Vicente Feola.

Café, suor e lágrimas

Depois de sermos bicampeões em 1958, em 1962 veio a próxima Copa. Naquela época, já tínhamos migrado das fazendas Santo Antônio e Atali para os cafezais do Paraná. A Copa foi realizada na Inglaterra e o Brasil foi muito mal. Pelo rádio, eu ouvia que a preparação foi péssima. O técnico Vicente Feola, o mesmo campeão de 1958, até próximo do início da Copa ainda não tinha um time definido, e levou um grupo já envelhecido, campeões de 1958 e 1962, com exceção do Pelé, que ainda era jovem. Os outros veteranos eram Gilmar, Bellini, Djalma Santos e Amarildo, e fomos eliminados na fase de grupos, perdendo para a Hungria de 3 a 1.

Um ano antes, Éder Jofre perdia a luta contra o japonês Harada e, tentando recuperar o cinturão de 1966, perdia outra vez para o mesmo Harada, uma derrota por pontos questionáveis até hoje. Perdíamos no futebol e no boxe... No Brasil, os times principais eram Santos e Botafogo, ambos em processo de decadência com suas estrelas principais já envelhecendo, mas ainda tinha Pelé que fazia a diferença, pois estava no auge na próxima Copa no México em 1970, e o Botafogo com seu principal jogador, Garrincha, já em fim de carreira.

Em São Paulo, além do Santos, aparecia o Palmeiras, da primeira academia com Dudu e Ademir da Guia, já surgindo como astros e espinha dorsal do time. Único time que fazia frente ao grande Santos de Pelé.

Na Copa do Brasil de 1966, apareceu a grande surpresa no futebol brasileiro, até então dominado por São Paulo e Rio, que foi o Cruzeiro, campeão da Copa com direito à goleada no Santos de Pelé. Lembro que ouvi pelo rádio, trabalhando à noite no bar do sr. Geraldo, e não entendia o que estava acontecendo, o Santos perder de 6 a 2 era algo impensável, principalmente de um time desconhecido.

Nessa época, o futebol brasileiro era somente Rio e São Paulo, os outros estados eram considerados times de segunda linha; a partir da conquista do Cruzeiro, em 1966, houve uma grande mudança. Foram convocados vários jogadores do Cruzeiro para as eliminatórias da Copa de 1970: Piazza, Tostão e Dirceu Lopes, Everaldo e Alcindo do Grêmio. Depois da Copa, foi criado o Campeonato Brasileiro, com o primeiro campeão: o Atlético Mineiro, de Dario, Odair e Telê Santana.

Lembro até hoje a formação do Cruzeiro, gravei de tanto ouvir falar do grande time que bateu o Santos, que era Raul, Pedro Paulo, Wilian, Procópio e Neco, Piazza e Dirceu Lopes, Natal, Tostão, Evaldo e Wilton Oliveira.

Era a grande sensação do Brasil, sendo que Piazza e Tostão foram campeões mundiais em 1970, Copa que tinha em Pelé o principal jogador. Eu, jovem, sem ter ainda o Primário (hoje, Ensino Fundamental), via no futebol um caminho para a convivência social. Conheci um pouco de geografia, história e gramática ouvindo os grandes comentaristas como Mauro Pinheiro, Luiz Augusto Maltoni, João Zanforlin, que falavam um português correto e eu, ouvindo, sempre tentava me corrigir, por isso tenho o futebol como parte da minha formação, também cultural.

Depois do vexame da Copa de 1966, quando a Inglaterra foi campeã e até hoje tem esse como único título, apesar de ser o berço do futebol, com bastante antecedência já começamos a pensar na Copa do México em 1970.

Para surpresa total, foi escolhido um jornalista comunista, em plena Ditadura, para ser o técnico da seleção, chamado João Saldanha, que antes só tinha tido uma curta experiência como treinador do Botafogo do Rio. Foi uma surpresa geral, mas ele era de uma inteligência rara, homem vivido, gaúcho que veio jovem para o Rio, onde fez toda sua vida profissional.

João Saldanha, ou João sem medo, como se intitulava, foi inteligente e prático na primeira convocação para as eliminatórias. Simplesmente, pegou os dois melhores times da época, Santos e Botafogo, e montou a seleção, incluindo Tostão e Piazza do Cruzeiro, e formou o que ele passou a chamar das "feras do Saldanha", que se classificou com 100% de aproveitamento com várias goleadas, sendo o jogo final contra o Paraguai, no Maracanã, em 1969, com um público recorde de 183.000 pagantes, no dia 31 de agosto de 1969, ganhando de 3 a 0, com gols de Jairzinho e Edu e Mendonza contra.

O Brasil jogou com Felix, Carlos Alberto, Djalma Dias, Joel Camargo e Rildo, Wilson Piazza e Gerson, Jairzinho, Tostão, Pelé e Edu. Apesar de todo o sucesso nas eliminatórias, João Saldanha não foi o técnico da Copa no México. Foi substituído por Zagallo e mais da metade do time vencedor foi modificado. Estávamos no auge da Ditadura, o general Costa e Silva havia morrido e em seu lugar foi escolhido o general Médici, um dos maiores sanguinários da história do Brasil.

João Saldanha e suas feras venceram invictos as eliminatórias. Na convocação definitiva para a Copa do México, o presidente Médici queria que Dario, centroavante do Atlético Mineiro, fosse convocado. João, sem medo, disse: "o sr. escolhe seu ministério e eu escolho meus jogadores".

João Havelange era o presidente da CBD (hoje CBF) e cedeu aos interesses da Ditadura, demitindo João Saldanha poucos dias antes da viagem para o México. Em seu lugar, foi escolhido o ex-jogador Zagallo e uma equipe técnica composta pelo dr. Admildo Chirol, Carlos Alberto Pereira e capitão Cláudio Coutinho, Lídio Toledo e o eterno massagista Mário Américo.

Café, suor e lágrimas

Zagallo fez a convocação e algumas alterações no time, principalmente táticas, em relação ao anterior, convocado por João Saldanha, que trabalhava com 4 x 2 x 4, ou seja, quatro zagueiros, dois no meio de campo e quatro atacantes.

Zagallo mudou completamente e, obviamente, convocou Dario para agradar o ditador, montando novo time, verdadeiramente bem superior e competitivo que o do João, 4 x 3 x 3, escalando Rivelino como um falso ponta-esquerda, começando na intermediária para ajudar na marcação, exatamente como ele, Zagallo, jogou nas Copas de 1958 e 1962; quando o time atacava, Rivelino se tornava um atacante.

Além dessa modificação tática, trocou a posição do Piazza de volante para quarto zagueiro. Ao lado do zagueiro forte do Vasco, jogava um jovem simples, chamado Brito, bem diferente da zaga clássica de João Saldanha, que era formada por Djalma Dias e Joel Camargo.

A seleção viajou com bastante tempo de antecedência, até porque naquela época não havia nenhum jogador da seleção que atuava no exterior, o que facilitava em muito a preparação. Com uma comissão técnica de alto nível, a seleção chegou ao jogo de estreia contra a Tchecoslováquia, às 16 horas de 3 de junho de 1970, com preparo físico invejável e vencendo por 4 a 1, gols de Rivelino, Pelé e Jairzinho, fazendo dois.

Depois, Brasil 1 a 0 Inglaterra, Brasil 3 a 2 Romênia, Brasil 4 a 2 Peru, Brasil 3 a 1 Uruguai e, a final, 4 a 1 contra a Itália, no estádio Asteca, na Cidade do México. Foi uma das seleções mais vitoriosas da história do futebol brasileiro, sendo a última Copa do rei Pelé e de outros craques como Carlos Alberto Torres, Piazza, Tostão e Clodoaldo, apesar de jovem.

A comoção foi tamanha que o país parou, apesar da Ditadura. Eu, com 19 anos, e já um pouco triste porque estava me preparando espiritualmente para ir embora para São Paulo atrás da minha família que partira um ano antes, o que doía demais o meu coração por ter que deixar aquele lugar pequeno onde tinha muitos amigos. Tinha lá uma paixão que só descobri depois, o nosso time que ajudei a formar, o meu amigo Pedro, que me ensinou a ler Hermann Hesse – *O lobo da estepe* –, e outros como *O velho e o mar* e *O livro vermelho de Mao Tsé-Tung*.

10

REENCONTROS PELA FÉ

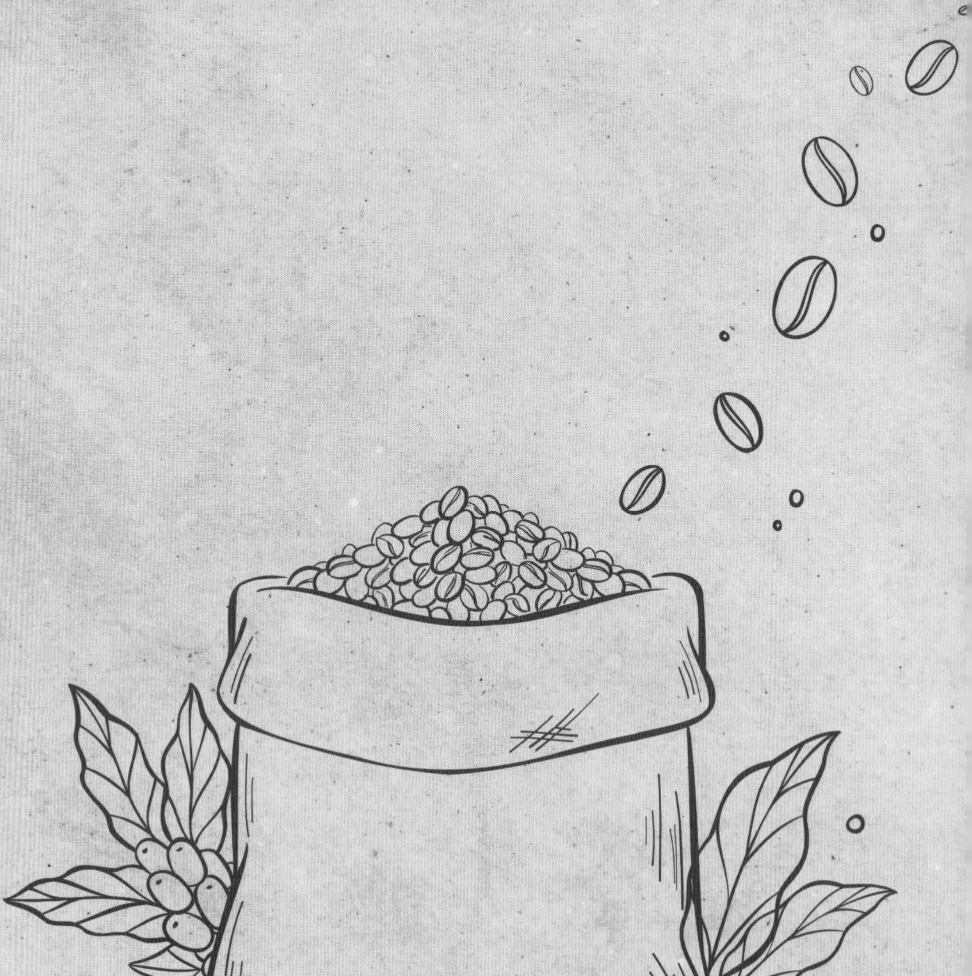

10

Sinceramente, nunca imaginava sair daquele lugarejo para morar na maior cidade da América Latina e uma das maiores do mundo, onde não teria amigos nem a minha família. Por mais que me amassem, já por alguns anos eu não morava mais com ela, e já havia uma distância física e cultural. Com 19 anos eu fui para lá, ficando para trás meus amigos e meus sonhos. Fui em busca de novos sonhos na cidade grande, na Selva de Pedra, e chegando foi um tremendo choque, uma adaptação difícil.

Fui morar com seis pessoas da minha família em um quarto, sala e cozinha lá em São Miguel Paulista, na mesma casa onde minha mãe mora até hoje, que está bem melhor, pois o bondoso e amado Deus pôs luz em nossos caminhos, e a Dona Anita, com seus 101 anos, vive como uma rainha. É o mínimo que faço por ela, pois, além de me trazer para a vida, nos dias difíceis, era a nossa fortaleza.

Meu primeiro passeio, quando cheguei a São Paulo, foi em Aparecida do Norte. Meu irmão, Gothardo, e eu saímos de São Miguel, fomos até a rodoviária e pegamos o ônibus Pássaro Marron. A felicidade e alegria eram tantas que não cabiam no meu coração.

Meu irmão me emprestou uma camisa bonita cor-de--rosa, pois nessa época ele já era vendedor da Ducal, vendia de casa em casa. Com a camisa e uma calça jeans, me achei o rapaz mais lindo da Terra, no auge da juventude, próximo a completar 20 anos.

Como o dinheiro era curto, minha mãe e minha cunhada amada Carmem prepararam alguns lanches e um pote de farofa de frango. Após a missa, sentamos no gramado, que existe até hoje do lado esquerdo da matriz, e nos deliciamos comendo aquelas maravilhas, acompanhadas com um guaraná grande que compramos.

Voltamos pelo mesmo Pássaro Marron, abençoados por Nossa Senhora, felizes e prontos para o dia seguinte. Ou seja, na segunda-feira, voltar à bicicletaria do japonês, numa travessa da Avenida Tito, em São Miguel, lugar em que trabalhava.

No dia seguinte ao passeio, eu estava tão feliz que mesmo o cheiro da tinta e das graxas não me incomodava. Até meu patrão percebeu a minha satisfação. Sou grato até hoje ao meu irmão, que me emprestou a camisa cor-de-rosa, pagou as passagens e o guaraná para tomarmos com os lanches que levamos.

Anos mais tarde, em seu aniversário no Paraná, eu o presenteei levando de São Paulo uma dupla caipira chamada Liu & Léu. Ele ama tanto a dupla, que até colocou em um dos filhos o nome de Léo. No dia da festa, quando ele veio me agradecer, eu lhe disse: "Eu é que lhe devo". Assim como minha irmã Nilma, que me emprestava moedas para eu pegar o ônibus para procurar emprego, e hoje eu comprei uma casa para ela morar, quando ela vem me agradecer, repito que sou eu quem deve.

E é assim um pouco da minha história, devo tanto a tanta gente, que dificilmente pagarei um dia. Como exemplo, meu amado e querido irmão, não de sangue mas como se fosse, Elcio Valloto (Duda), que hoje está no céu. Ele me trouxe do Paraná para São Paulo em um fusca novinho que comprou com intenção de fazer esse gesto tão humano com um pobre rapaz. Como forma de agradecimento, demos o nosso filho amado, Francisco, para ele, com sua esposa, Inês (Beia), batizar. Ele foi um dos anjos que Deus me enviou.

O segundo passeio inesquecível foi sair de São Miguel, indo a pé por 3 km até a estação do trem para o Brás; depois do Brás, a pé até a Praça da Bandeira, cerca de uma hora caminhando, pegar o ônibus da CPTM, que saía de lá para o Morumbi, para assistir à final do campeonato Paulista de 1973, entre Santos, de Pelé, e Portuguesa.

Chegamos bem mais cedo, como bons mineiros, compramos ingresso na geral, comemos um churrasquinho "de gato" e entramos para o jogo. De novo, eu e meu irmão, só que dessa vez cada um pagou a sua parte.

O jogo foi espetacular, terminando em 0 a 0. Nos pênaltis, houve um erro do juiz Armando Marques na contagem. O técnico da Portuguesa, o português Otto Glória, percebendo o erro, levou o time para o vestiário e não voltou. Como não voltou, a federação acabou dividindo o título, ou seja, única vez na história do futebol que tivemos dois times campeões.

A partir dessa época, trabalhos duros, difíceis, as tristezas começaram a ser substituídas por mais alegrias e muita vontade de vencer e lutar.

Hoje, com vários cabelos grisalhos, dois felizes casamentos, cinco lindos e amados filhos, eu não tenho nenhuma dúvida, mas nenhuma mesmo, que, além de uma bênção de Deus, foi um grande milagre. Sinceramente, faço o que posso pelas pessoas, pelos mais pobres por meio da Fundação Gentil (que levou o nome do meu pai que está no céu). Temos milhares de colaboradores espalhados pelo país, trabalhamos duro com uma equipe maravilhosa para honrar nossos compromissos e obrigações, mas vejo sempre a mão de Deus, sempre a luz divina nos iluminando, também nos castigando quando merecemos.

Por isso, todos os dias agradeço, procuro orar e vigiar, ser grato, eternamente grato, fazer o bem sempre, respeitar sempre, orar sempre, amar o próximo como amar a mim mesmo e lembrar o café, o suor e as lágrimas.

Vou contar uma história bem curiosa, que somente o destino pode avalizar e dizer como pelas curvas da vida acontecem fatos até difíceis de entender.

Certo dia, já com a empresa crescida, eu quis ajudar um sobrinho que trabalha conosco. Ele morava em São Miguel e estudava em Santa Cecília, o que era uma jornada bastante cansativa. Fui atrás de um apartamento pequeno para comprar, apenas pensando em facilitar seus estudos. Por meio de uma imobiliária, pesquisamos e acabamos comprando o apartamento que tenho até hoje.

Os donos eram um casal de médicos aposentados que moravam em Santos. Assim que o valor da venda foi ajustado, eles vieram a São Paulo para ir ao cartório fazer a transferência e os acertos financeiros. O casal era tão simpático, principalmente a esposa. Quando li o sobrenome Gimenes, com curiosidade, perguntei a ela a origem, dizendo que, no passado, trabalhamos em uma fazenda de café onde os patrões chamavam Gimenes.

Ela perguntou algumas coisas, nome do meu pai e mãe. Quando lhe disse, foi um espanto só. Ela se lembrou em detalhes da Dona Anita e Seu Gentil, me deu um forte abraço, e recordou do seu velho pai Gimenes.

Nos despedimos, eles voltaram para Santos. À noite, em casa, tomei um vinho, rezei bastante, agradeci muito pelo dia, e fiquei imaginando como Deus é bom e como a vida gira. Um dia empregado e colono; hoje comprador de um imóvel da filha do nosso ex-patrão.

Amém, Deus. Amém, Deus. Amém.

E A HISTÓRIA CHEGA AO FIM

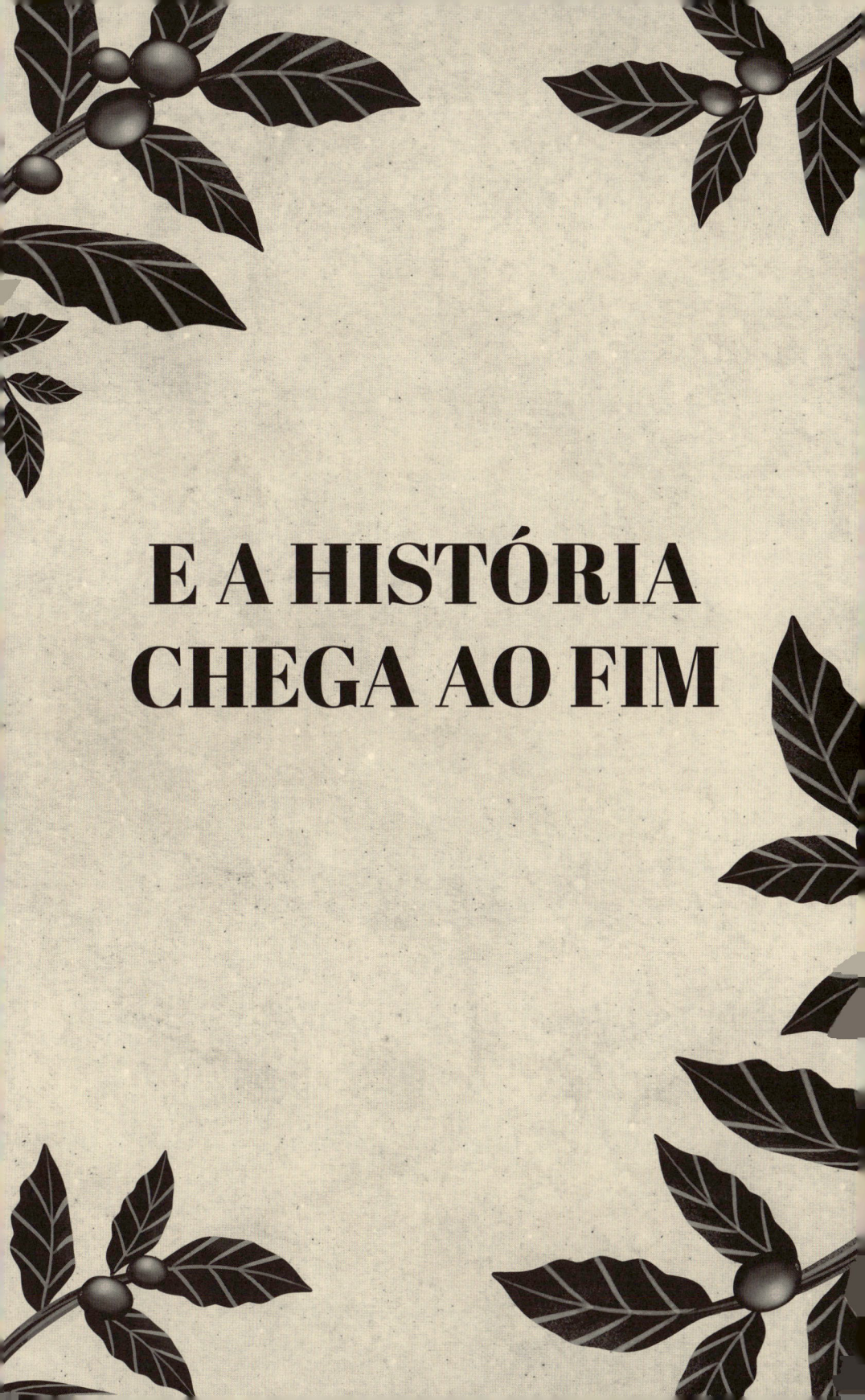

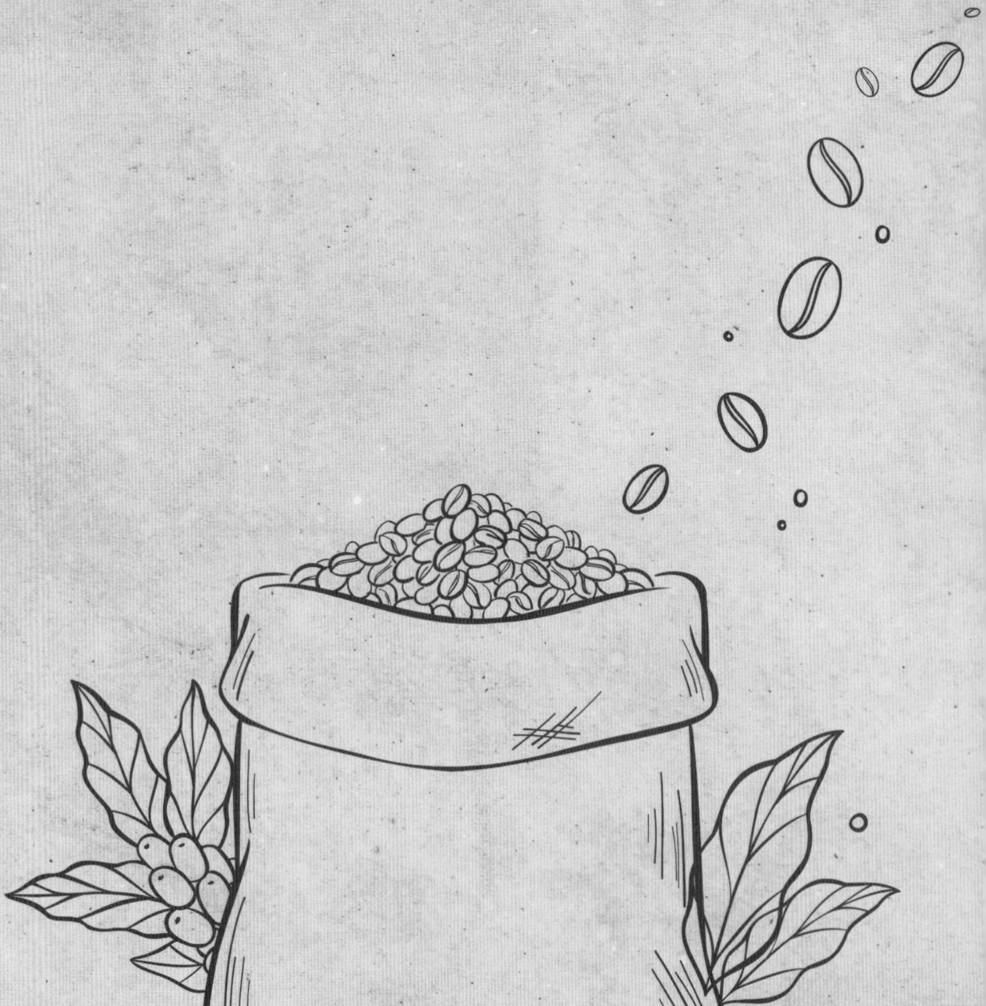

Estávamos na década de 60, ano de 1965, quando houve a mais terrível geada da história do Paraná, exatamente no dia 7 de setembro, data que, por conta da ditadura, era comemorada com ufanismo nas escolas, quartéis e em todas as autarquias públicas.

Essa geada foi tão intensa e chegou de forma tão destruidora que foi um marco do café e mudou completamente a vida dos agricultores. Com o café todo destruído, foi substituído pelo algodão e, depois, pela pecuária, expulsando compulsoriamente os pequenos cafeicultores para as cidades mais próximas, para as maiores, como a capital do Estado. A maioria já tinha algum parente em São Paulo, recebendo uma grande massa de migrantes.

As pequenas cidades passaram por uma imensa transformação econômica, social e populacional, pois nas fazendas médias e sítios de café onde empregavam tantos trabalhadores, com a pecuária só eram necessários dois ou três, e as mudanças vinham em cascata no comércio, no valor da terra, na desconstrução dos modelos familiares baseados no trabalho coletivo, o que provocou uma crise sem precedentes nas pequenas cidades e vilarejos.

O governo militar, insensível com os mais pobres, não fez absolutamente nada, provocando o maior êxodo do campo para as cidades. De novo, São Paulo era a grande esperança, com trabalhadores desqualificados, em sua maioria analfabetos, sem o menor preparo, mas com coragem, muita fé e esperança.

Com minha família, não foi diferente. Após o fim do café, todos vieram para a cidade, exceto eu, que já trabalhava em uma bicicletaria. Era previsível que nossa família, chegando à pequena cidade do município, logo acabaria com o capital do pequeno sítio vendido por um valor absurdamente baixo, comprado pelos pecuaristas, que em efeito cascata começavam a derrubar o cafezal e substituir pelos pastos.

Em pouco tempo, percebemos que a mudança para a cidade próxima foi temporária, pois não teria como sobreviver; como nós, a maioria também veio. Não tendo emprego e sem condições de sobrevivência, a alternativa foi largar tudo ou o pouco que restou e fazer uma das mais difíceis e longas viagens, rumo à terra prometida, a

Café, suor e lágrimas

São Paulo querida, que nos recebeu com algumas desconfianças, restrições, sem dizer certo preconceito.

Decisão tomada, ficava para trás a nossa terra, o cafezal que, já não existindo, era só saudade, os amigos, toda uma história interrompida pelos desígnios de Deus, do clima que nos traiu e não nos avisou que destruiria por completo o nosso sonho, a nossa vida pacata, na nossa terra, e nos expulsou para sempre, deixando tristezas, saudades e muitas mágoas.

Imagine meu pai, que nasceu na terra, desbravando a mata, semeando e plantando as mudas do querido ouro preto (café), esperando com resiliência e crença por três ou quatro anos que as mudas pudessem gerar frutos e uma colheita de longa gestação e, de repente, nada disso aconteceria mais. Tudo acabou, só restando seguir os filhos para a maior cidade do país, sem saber ou pelo menos imaginar o que estaria à nossa espera.

Na saída, um adeus sem olhar para trás, choros explícitos e contidos, mas foi por amor e pela dor que Deus nos proveu o novo destino. Para trás ficava o café e o suor; para frente, muitas lágrimas.

Café, suor e lágrimas, um sonho quase perfeito.